**Johannes Girmes • Wege, die sich kreuzen**

*für Sarah*

JOHANNES GIRMES

# Wege, die sich kreuzen

## Erzählung

**Bibliografische Information der Deutschen Nationalbibliothek**
Die Deutsche Nationalbibliothek verzeichnet diese Publikation in der
Deutschen Nationalbibliografie;
detaillierte bibliografische Daten sind im Internet über http://dnb.d-nb.de
abrufbar.
© Frieling-Verlag Berlin • Eine Marke der Frieling & Huffmann GmbH & Co. KG
Rheinstraße 46, 12161 Berlin
Telefon: 0 30 / 76 69 99-0
www.frieling.de

Umschlaggestaltung: Julia Canenbley
Umschlagbild: Heinke Sanders
1. Auflage 2019

ISBN (Print): 978-3-8280-3497-6
Printed in Germany

# Inhalt

# Berlin-Spandau

## Sommer 2015

Auch das war eine Fügung in seinem jungen Leben, dass er eine Wohnung ausgesucht hatte, in die ein Aufzug direkt vom Hauseingang in den Flur seiner Dachgeschossbleibe führte. So war es leichter für sie, mit ihrer Behinderung, mit ihrem störrischen Bein hinaus auf die Straße oder wieder zurück in diese Bleibe zu gelangen.

Es war etwa ein Jahr her, als er entschieden hatte, dass er nicht mehr in Prenzlauer Berg leben wollte. Es gibt dort zu viele nette junge glückliche Frauen mit Kinderwagen und zu viele erfolgreiche junge Männer auf Fahrrädern und mit einem iPhone in der Hand. Unter den herrlichen alten Bäumen gibt es zu viele Tische und Stühle mit Wolldecken und auf diesen Tischen zu viele Latte macchiatos und Aperol und Proseccos.

Nun lebte er in Spandau in der obersten Etage eines Hauses mit Blick auf die alte Backsteinkirche am Dorfplatz, und auf den Tischen hier draußen sieht er Käsekuchen und Kaffee oder Köstritzer Bier und Schnitzel mit Kartoffelsalat. Er nennt das bürgerlich, und das liegt ihm jetzt mehr.

Gewiss ist auch diese Wohnung hell und groß und schick, und in der Garage parkt sein BMW-SUV, aber die Atmosphäre dieses Stadtteils erhebt keine Ansprüche, »in« zu sein. Das Leben ist anspruchslos hier. So will er es jetzt.

Er hörte den Aufzug, das sanfte Geräusch der doppelten Schiebetüre.

Er hörte ihre vorsichtig tastenden Bewegungen vom Aufzug in den Flur.

Er ging auf sie zu, küsste zärtlich ihre Stirn und fragte: »War es gut?«

»Ja, es war gut«, antwortete sie.

»Brauchst du Hilfe?«

»Nein danke«, sagte sie.

# Berlin-Prenzlauer Berg

## Frühjahr 2014

Auch er hatte sein iPhone ständig dabei. Er war überzeugt, dass sein Beruf das von ihm verlangte. 24 Stunden Bereitschaft.

Er ist jung und sieht gut aus – schlank, groß, blond. Wenn er gefragt wird, wo in Deutschland er zuhause sei, und er sagt »Hamburg«, dann mag man antworten: »Das hatte ich mir gedacht.«

Er verdiente viel Geld. Und das nicht mit einem Start-up-Unternehmen wie manche seiner Freunde in Berlin, sondern als Mitarbeiter einer internationalen Beratungsgesellschaft. Er musste dort hart arbeiten für sein Vorwärtskommen, aber das akzeptierte er ohne Jammern. Seine Projekte waren vielseitig – in großen Städten, in fremden Ländern und auch in der deutschen Provinz.

Er lebte allerdings auch in der Vorstellung, dass er für seine Freunde ebenso immer »online« sein müsste, sodass ständig Texte oder Bilder ankommen und abgehen können.

So erreichte ihn an einem heiteren Frühlingstag Saskia aus Mailand. Ohne lange Einleitung sagte sie, dass sie ein anderes Leben suche – ein Leben ohne ihn, ohne seinen Ehrgeiz, ohne seine Eitelkeit. Sie habe sich in einen Techniker beim Fotoshooting verliebt. Ein junger Mann mit schwarzem Lockenschopf, mit schwarzem Rollkragenpulli, mit Jeans. Ein Mann voller Lebenslust und frohem Temperament. Er habe eine Wohnung in Friedrichshain. Gewiss ganz anders als das Luxusdomizil von ihm und Saskia. Nicht so groß, nicht so aufgeräumt, nicht so perfekt und unpersönlich ausgestattet, aber hell und einladend zum Leben. Es gebe dort sogar einen Schrank für ihre

Klamotten. Die Möbel in Prenzlauer Berg könne er ihr doch abkaufen. Sie hänge an nichts dort außer an ein paar Bildern und darüber würden sie sich bestimmt einig werden.

Saskia ist hübsch. Groß und feingliedrig und nicht so dürr wie viele Models. Wenig Busen hat sie, jedoch das mag er. Ein schönes, apartes und ebenmäßiges Gesicht mit dunklen Augen und blendend weißen Zähnen, die sie beim häufigen Lachen gerne zeigt.

Er erwiderte am Telefon nach einer langen Schreck- und Schweigeminute, dass er zu erschöpft und fassungslos sei, zu argumentieren oder auch zu streiten. Sie solle das tun, was sie glücklich mache. Sie wussten allzu gut, dass seit einiger Zeit Leidenschaft und Zärtlichkeit in ihrer Beziehung verloren waren. Und so geschah er bald, ihr Auszug. Sie kam mit einem von Freunden geliehenen Fahrzeug mit großer Ladefläche und sie packte ihre Sachen. Dazu nahm sie dieses und jenes ohne Zögern und fragte ihn nur, ob er einverstanden sei. Er war es.

Sie trennten sich ohne Tränen. Sie sollten Kontakt behalten, meinte sie. Die beiden umarmten sich dann formell und höflich wie bei einer Weihnachtsparty im Büro nach der Arbeit.

# Reutlingen

## Sommer 2010

Saskia brachte Neues in sein Leben, brachte viel Lebendigkeit und eine bisher unerfahrene Spontaneität. Sie zog ihn hinein in ihre aufregende Welt der Werbeagenturen, Artdesigner, schöner Menschen, Mode und Magazine. Ein Leben international wie seines, jedoch ohne die straffe Organisation, die feste Struktur des Tages, der Wochen, der Monate und ohne die auf Sachen, Zahlen und Software bezogene Arbeitswelt. Sie durchlebte lange Abende und spät beginnende Tage in den Modestädten der Welt, fotografiert werdend vor antiken Säulen oder barocken Schlössern oder unter Palmen des Südens.

Aber Saskias Leben im Glamour kam erst später. Zunächst durchlitt sie manche Enttäuschung.

Begegnet war er ihr bei einem Projekt in der süddeutschen Provinz in einem mittelständischen Familienbetrieb, einem solchen, der zu Deutschlands Titel als »Exportweltmeister« beiträgt. Das Projekt machte Freude, regte ihn an. Saskia war dort eine Hilfskraft bei der Gestaltung von Broschüren und verschiedenen Informationsschriften. Diese Tätigkeit machte ihr keine Freude und sie langweilte sich bei der Arbeit und bei dem einfachen Leben in der Kleinstadt. Sie wohnte bei ihren Eltern am Rande der Stadt in einem Reihenhaus mit kleinem, geordnetem Vorgarten, Blumen entsprechend der Jahreszeit und einem Lattenzaun mit einem Holztörchen.

Sie träumte von der schönen und aufregenden weiten Welt. Sie war registriert bei einer Modelagentur in Hamburg. Sie hoffte nach unbedeutenden kleinen Jobs immer wieder auf die große Entdeckung.

Er sah sie beim Mittagessen der Angestellten in der Kantine. Er setzte sich bald zu ihr, und es funkte sogleich zwischen ihm und ihr. Sie trafen sich zum Abendessen in einem dieser behaglichen süddeutschen Restaurants mit den traditionellen Speisen und Getränken der Gegend. Am Wochenende verabredeten sie sich zu langen Wanderungen über die umliegenden Höhen, die Schwäbische Alb und durch die Dörfer mit Rast und Speisen und Wein im Gasthaus. Dabei hörte sie fasziniert zu, wenn er von seiner Tätigkeit weltweit in vielen verschiedenen Ländern und von vielen unterschiedlichen Kulturen erzählte.

Sie kamen sich ohne Zögern nahe.

Als sein Projekt dort im Schwabenland abgeschlossen war, fragte er Saskia, ob sie mit ihm nach Berlin gehen würde, mit ihm in Berlin leben möchte. Seine Wohnung sei groß genug für zwei. Sie sagte überrascht ja und umarmte ihn freudig. Es war nicht die große romantische Liebe, der kraftvolle Rausch, der alles andere im Leben verblassen lässt. Sie fühlten jedoch, dass sie in vielen Lebensbereichen gut miteinander auskommen konnten, dass sie miteinander leben könnten. Geben und Nehmen würde das sein. Das wussten sie. Er mochte nicht fortwährend alleine sein und sie war nun voller Aufregung und Erwartung, endlich aus der Provinz in die Großstadt zu gelangen.

Er besuchte daraufhin ihre Eltern in der Wohnung, in der die drei lebten. Er stellte sich vor. Nicht, um in guter alter Sitte um Erlaubnis zu fragen, sondern nur, weil er meinte, dass ihre Eltern doch wissen sollten, bei wem, mit wem ihre Tochter nun leben würde. Das blieb dann auch der einzige Höflichkeitsbesuch bei den Eltern von Saskia.

Der Vater war reisender Handelsvertreter, ständig unterwegs und der Typ von Mann, der wahrscheinlich an manchen Orten des Landes eine Freundin habe, meinte Saskia. Die Mutter war vor Jahren sicherlich mal eine hübsche Frau gewesen, attraktiv wie ihre Tochter. Aber Kettenrauchen und Warten auf ihren Mann, Warten auf das große Glück im Leben, das nie eintraf, hatten ihr Gesicht faltig und vergrämt gemacht. Sie flirtete mit ihm, sodass Saskia gereizt und verlegen wurde. Es war leicht zu vermuten, dass Saskia mit diesem Vater, mit dieser Mutter in einer Atmosphäre aufwuchs, die man nicht als die glückliche Kindheit bezeichnet.

Es war später Nachmittag und man bot ihm Erdnüsse, Salz-stangen und süßen Rieslingwein an. Die Mutter war gewiss nicht froh darüber, dass ihre Tochter diese gemeinsame Wohnung und die Heimat verlassen wollte, um mit einem frem-den Mann in eine große, Gefahren bergende Stadt zu ziehen. Sie kannte Berlin nicht. In ihrer Vorstellung gab es dort den Kurfürstendamm, das Brandenburger Tor und Regierung und Parlament. Alles andere in dieser weit entfernten Stadt war unbekannt und beunruhigend.

Er wohnte damals in Berlin-Mitte in einem Haus aus dem frühen 20. Jahrhundert. Es hatte den Krieg überstanden. Das große Holztor zum Hausflur und zum grauen Hinterhof war voller Graffiti, aber wenn man in der 4. Etage in seine Woh-nung eintrat, empfingen einen viel Licht, helle Farben und wohnliche knarrende Holzdielen. Der Balkon war klein, aber ausreichend für ein Essen zu zweit, und die Wohnung war bescheiden, aber groß genug für ein Leben mit zwei Personen.

# Berlin

## und weltweit 2010–2014

Er stand früh auf, duschte und rasierte sich. Er mochte keine Bärte. Er zwang sich in einen modischen dunklen schlank geschneiderten Anzug und trank hastig einen Kaffee aus der Nespresso-Maschine. Zum Bürohaus konnte er laufen. Er benutzte möglichst kein Auto, keinen Bus und keine Bahn.

Sie schlief lang in den Morgen hinein und verbummelte manchen Tag mit Modemagazinen und Illustrierten. Eng anliegende Jeans und ein weißes loses T-Shirt waren dann ihre bevorzugte Garderobe. Beides zeigte ihren nahezu perfekten Frauenkörper, eindringlich oder sogar aufdringlich. Aber wer konnte ihn damals sehen, den schönen Körper, Vergnügen daran haben, ihr Komplimente dazu machen? Noch war sie kein berühmtes Model.

Er kam spät und abgespannt zurück in das Apartment. Er aß eine Kleinigkeit, trank ein Glas Rotwein und fragte, wie es ihr ergangen sei, bevor er zum Schlafen verschwand. So wurde Saskias Leben in Berlin zunächst eine große Enttäuschung.

Die Wohnung war kein Penthouse mit Blick über hundert Jahre alte Baumkronen und Dächer von eindrucksvollen historischen Häusern, die den schlimmen Krieg überstanden hatten. Berlin war nicht nur Friedrichstraße und Kurfürstendamm mit Hermes und Gucci und es gab nicht überall Restaurants mit weiß gedeckten Tischen auf dem Bürgersteig. Und diese große neue Stadt empfing sie nicht mit einem Briefkasten voller Einladungen zu einem Vorstellungsgespräch bei Modelagenturen.

An Wochenenden jedoch besuchten sie zusammen Museen und Galerien und sie wanderten oder radelten lange Wege durch Parks und Wälder, die Berlins Umgebung so vielfach anbietet. Das tat ihnen gut. Aber dann?

Er meinte, sie solle Fächer an der Uni belegen, mit oder ohne Studienabschluss, aber zum Wachbleiben und zur Anregung des Geistes. Das lockte sie nicht, das wollte sie nicht. Sie wollte Model werden, und sie gab nicht auf. Sie verschickte Bewerbungen und lernte, in welchen Restaurants sie zum Lunch sein musste, um von Männern und Frauen des Fachs gesehen zu werden.

Und tatsächlich eines Abends, als er wie immer spät und müde heimkam, zeigte sie ihm stolz und froh einen Kontrakt mit einer Modelagentur in Berlin. Er war überrascht und hin- und hergerissen zwischen Zustimmung und Bedenken. So überrascht, dass er zunächst vergaß, zum Erfolg zu gratulieren. Er als Mensch, der mit Zahlen und Effizienz zu tun hat, mochte den überschwänglichen Stil des Briefes der Agentur nicht. Aber was wusste er von dieser Branche? Würde sie in diesem Beruf entwürdigt als Werkzeug oder sogar als Spielzeug von Modemachern, Fotografen und Magazinverlegern? Sie war strahlend glücklich und er versuchte zu seinem Trost, sich bald als Partner einer schönen Frau im Rampenlicht zu sehen.

Saskias Begeisterung wechselte sehr bald in Ernüchterung. Ihre Agentin war fordernd, streng, humorlos. Die ersten Fotoshootings waren gewiss nicht glamourös und fanden nicht an exotischen Orten oder auf antiken Plätzen statt, aber Saskia verdiente Geld und ihr Auftreten wurde entsprechend selbstsicher und zuversichtlich. Das half beim Weiterkommen. Und wenn ein Tag bei der Arbeit mit Ärger verbunden war, versuchten beide, das mit Humor zu nehmen. Ihr Leben und ihr

Zusammenleben verliefen nun auf der rechten Bahn – zwei junge »Professionals« mit einer Aufgabe, mit Zielen und gutem Einkommen! Ein attraktives Paar in einer lebendigen, anregenden europäischen Großstadt!

Mit mehr und mehr Engagements, mit zunehmendem Erfolg wurde Saskia anspruchsvoller. Der 20-Euro-Haarschnitt nebenan, der ihr so gut stand, war nicht mehr angemessen. Sie besuchte nun einen jener Haarstylisten, die einen Namen haben und entsprechend teuer sind. Für Besorgungen in der Stadt musste es ein Taxi sein, obgleich S- und U-Bahn-Stationen wenige Schritte entfernt waren. Die Restaurants am Abend mussten »in« sein und wurden teurer und luxuriöser, was aber nicht amüsanter und wohlschmeckender zu bedeuten hatte.

Es war dann auch folgerichtig, ja voraussehbar, dass Saskia mit ihrem Einkommen und Drum und Dran ihres Erfolges, mit dem Schick ihres neuen Lebens, in einer eleganten Wohnung an der richtigen Adresse leben wollte. Er fand diesen Plan überflüssig, das Umziehen mühsam. Aber mit geschicktem Argumentieren überzeugte sie ihn. Er sei kaum zu Hause, komme spät von der Arbeit oder von dem, was er »Meeting« nenne, auch dann, wenn es ein Zusammensein mit Kollegen bei Bier und Fußballschauen im Fernsehen in der Kneipe sei. Er musste zugeben, dass sie nun berechtigt sei, eine Wohnung nach ihren Wünschen zu gestalten, eine Wohnung dort zu finden, wo es einerseits traditionelles historisches Berlin gibt und wo andererseits junge Professionelle, Zugereiste aus aller Welt multikulturell leben. Diese Wohnung fand sie in Prenzlauer Berg in der Nähe vom Kollwitzplatz. Uralte hohe Bäume schienen jeden Lärm zu schlucken. Die Hausfassaden aus der Gründerzeit waren unbeschädigt vom Krieg und vom geschmacklosen Neubauboom der 50er-Jahre verschont. Durch die Instandsetzung und Neugestaltung nach der Wiedervereinigung Deutschlands und Berlins entstanden unter gleichzeitiger Schonung der historischen Außenwände der Gebäude moderne funktionelle Wohnungen über mehrere Etagen. Ein außen angebauter Aufzug aus Stahl und Glas führte in diesem Haus über vier Etagen zu einem Penthouse. Für die Wohnung in der vierten Etage mit Balkon und Blick auf die Baumkronen entschied sich Saskia. Die Mietkosten erschienen ihm sinnlos hoch, aber er willigte ein, diese mit ihr zu teilen. Dass das nur für eine kurze Zeit sein würde, ahnte er nicht.

Sie hatten nun eine Wohnung, in der Saskia sich wohlfühlte. Eine Wohnung, die sie nach ihrem Geschmack, nach ihren Bedürfnissen einrichtete. Sie zeigte Kreativität, sie hatte Talent zur Innenarchitektur.

Wände und Türen waren hellgrau, annähernd weiß gestrichen, und die offene Küche, die in den Wohnraum überging, hatte einen ähnlichen hellen Farbton. Die Fenster wurden mit einem leichten duftigen Baumwollstoff aus der Schweiz abgedeckt. Diese Vorhänge blieben jedoch meist zurückgezogen. Licht und Sonne sind Saskia wichtig. Die Möbel waren zweckmäßig, schlicht und ohne Schnörkel. Als Kontrast dazu stand ein großer antiker Schrank im Biedermeierstil an einer Wand neben den Fenstern. Dieses eindrucksvolle Möbelstück hatte sie auf einem Flohmarkt für recht wenig Geld erstanden. Auch die abstrakten, zeitgemäßen Bilder waren ihre Funde. Und viele bunte Kissen mit Seidenbezug waren unordentlich, jedoch dekorativ im Raum verteilt. Alles das hatte sie gestaltet und es wurde ganz anders als die Einrichtung ihres Elternhauses im Schwabenland!

Er kam nun häufiger früher nach Hause, und wenn es ihre und seine Arbeitszeiten erlaubten, kochten sie zusammen entspannt und mit Spaß ein Abendessen. Wenn die Zeit dazu nicht reichte, besuchten sie eines der vielen Restaurants an dem schönen Kollwitzplatz oder an der trendy Kollwitzstraße.

Einen historischen jüdischen Friedhof in diesem Bezirk übersah er damals. Wie konnte er wissen, dass dieser Friedhof mal eine Bedeutung in seinem Leben haben würde?

Saskia genoss Prenzlauer Berg mit all den verlockenden Läden und all den attraktiven, jungen Menschen dort auf den Straßen, in den Geschäften, in den Cafés unter uralten Bäumen. Aber immer wieder schimpfte sie über die Anforderungen ihres Berufes, die Rivalitäten unter den Mitgliedern der Teams, die Kommandos, das Reisen ohne die Möglichkeit, die Fremde ein wenig kennenzulernen, den Zwang, immer schön und attraktiv sein zu müssen. Sie meinte dann, sie höre auf, sie hasse das Modeldasein, die Fotografen. Aber dann schien wieder alles gut – für sie und für ihn.

Sogar seine Eltern kamen zu Besuch nach Berlin. Der Vater, ein erfolgreicher Unternehmer in Hamburg, meinte, dass die unterschiedliche Herkunft bald eine Belastung für seinen Sohn werden könne. Die Mutter jedoch nahm Saskia liebevoll in die Arme, so wie Mütter Kinder in die Arme nehmen.

Die unterschiedliche Herkunft, wie sein Vater das kritisch nannte, wurde nicht zu einem Problem. Die Stolpersteine in ihrem Zusammenleben waren die Verschiedenheiten bei ihren Berufswegen nach oben, die Unvereinbarkeit ihrer beider Einstellungen zum Job. Er und Saskia bereisten komfortabel die halbe Welt. Sie durften ihre Reisekosten großzügig abrechnen und konnten somit gut zu sich sein, wenn sie weg von daheim waren. Er mit der Aufgabe, Organisations-, Produktions- und Rentabilitätsprobleme langfristig zum Nutzen des Unternehmens, der Mitarbeiter, der Investoren zu lösen.

Sie jedoch verlieh ihr hübsches Gesicht, ihren schönen Körper für einen schnellen Fotoklick. Das meist vor faszinierender Szene, die mit natürlichem oder geschaffenem Licht perfektioniert sein musste für diese anspruchsvolle Welt der Eitelkeiten.

Er wusste, dass jeder Erfolg in diesem Jahr neue Aufgaben und neues Einkommen in späteren Jahren bringen würde.

Sie wollte alles jetzt und ganz, wohl ahnend, dass ihre Tätigkeit kein Versprechen für die Zukunft mit sich bringt.

So kam es, dass sie sich entfremdeten und immer dann, wenn sie zu Hause in Prenzlauer Berg waren, kaum zueinander finden konnten und immer häufiger Ablenkung und Entspannung beim Ausgehen mit Freunden suchten. So kam es dann zu diesem Anruf aus Mailand, kam es zu ihrer Trennung.

# Ostafrika

## Frühjahr 2015

Er war nun in dem Alter, wo viele Menschen ihre Lebensweise infrage stellen. Er lebte wieder alleine, und das gefiel ihm. Er suchte keinen Partner, suchte keine Verantwortung für einen Menschen. Er vermisste keine Kinder. Er kannte das nicht. Die Vorstellung jedoch, nutzlos zu sein, beunruhigte ihn.

Er war nicht ein Vater, den die Stille im Haus bedrückt, nachdem die Kinder erwachsen wurden und das Haus verließen. Er war nicht ein Mann, der das frühzeitige Angebot zur Pensionierung annahm, um dann ohne Aufgaben einsam und depressiv in den Tag zu leben. Solches traf auf ihn nicht zu.

Er war noch jung, er fühlte sich jung. Er hatte Tatendrang, aber nicht mehr für dasselbe Tun in demselben Unternehmen. Es müsse eine andere, eine sinnvollere Aufgabe für ihn geben, meinte er. So reizte ihn die Frage, wie man eine Verbesserung des Klimas, die Begrenzung der Verschmutzung der Umwelt und der Meere, die Verhinderung des Rodens tropischer Wälder erzielen und gleichzeitig ökonomisch rechtfertigen kann. Das sei ein Projekt, für das er gern tätig sein wolle. Gewiss, Geld verdienen ist gut, macht Spaß, befriedigt, aber der Aufwand ist hoch mit den vielen Arbeitsstunden, zermürbenden Fernreisen, verschiedenen Zeitzonen, Sprachen und Kulturen. Er wusste, dass er eine Pause brauchte. Entschlossen gab er seine Stellung auf, und er nahm sich Zeit, eine andere Rolle zu finden. Er holte tief Luft und plante eine Reise ohne Pflichten, ohne Termine. Er buchte einen Flug nach Ostafrika, nach Kenia. Aus dem kalten grauen Berlin in den immerwährenden Sommer Ostafrikas.

Er flog von Berlin nach Zürich, am nächsten Tag weiter nach Nairobi, am darauffolgenden Tag an die Küste des Indischen Ozeans. Es sollte eine Reise ohne Eile, ohne Anstrengung sein. Doch es kam anders. Es wurde eine Reise mit Drama!

Er hat wie viele Menschen, die ständig unterwegs sind, eine ambivalente Beziehung zum Fliegen. Einerseits machen ihn die bedrängenden Menschenmengen in Flughäfen und überall dort, wo man als Tourist gewesen sein muss, schlecht gelaunt. Andererseits sind sein Wissensdrang, seine positive Neugierde, sein Interesse an fremden Menschen, an fremden Kulturen ein starker Antrieb, sich immer wieder auf den Weg zu machen, um Neues zu erfahren. Dabei sind ihm Angst oder Besorgnis um Unvorhersehbares oder sogar um einen Terrorakt fremd. Er denkt ökonomisch, er denkt statistisch. So hat er studiert. Wie gering ist meine Möglichkeit, bei einer Katastrophe in der Nähe oder sogar dabei zu sein! Das sagt er sich und seinen Freunden. Dass er in Kenia einem Unheil nahe kommen würde, konnte er nicht ahnen. Später zögerte er, davon zu erzählen, weil er mit Recht annahm, nicht ernst genommen zu werden. Dass man ihm vorhalten würde, Realität und Fiktion zu vermischen. Gewollt oder ungewollt.

Die dritte Flugetappe seiner Reise brachte ihn vom Regionalflughafen Wilson in Nairobi nach Malindi am Indischen Ozean, dort, wo seit Jahren Tausende von Europäern sich unter tropischer Sonne wärmen und bräunen lassen und sich in diesen gleichförmigen Standard-Strandhotels der Welt mit Essen und Trinken bedienen lassen. Sein Hotel war ein notwendiges Übel auf der Reise zur Safari. Im Gegensatz zu Nairobi, das mit seiner Höhenlage warm und trocken und sogar frisch zur Nacht ist, stieg ihm beim Aussteigen aus dem kleinen Flugzeug die feuchte Hitze in Hosenbeine und Jackenärmel. Dabei kam

21

ihm der Waschtag in Großmutters Keller im schwülen deutschen Sommer in Erinnerung.

Die Taxifahrt zum Hotel war kurz.

Das Hotel war kaum belegt, weil Gäste ausblieben aus Furcht vor Terrorakten in Kenia und aus dem benachbarten Somalia. Es war daher einfach, eine Safari für den nächsten Tag zu buchen. Um fünf Uhr morgens war der Start geplant und zum späten Abendessen würde man zurück im Hotel sein. Er aß früh an diesem Abend vor der Tour.

Dann auf dem Weg zu seinem Zimmer über einen offenen Gang entlang der Türen zu den Gästesuiten bot ein schlanker, gut aussehender, groß gewachsener, von oben bis unten unbekleideter Mann, ein Massai, wie er annahm, seinen Körper für Sex an. Er war erschrocken und ebenso betrübt darüber, dass Tourismus auch zu diesem Gelderwerb führen kann. Nicht diese flüchtige Begegnung störte seinen Schlaf, sondern eine Unruhe, dass er den frühen Termin verpassen würde.

Jedoch um 4.45 Uhr am nächsten Morgen war er pünktlich bereit zum Einsteigen in den Volkswagen-Kleinbus, der am Eingang zum Hotel bereitstand und dem man ansah, dass er bereits viele Kilometer über holprige afrikanische Buschpisten und durch Sand und Schlamm geschafft hatte. Mit ihm stieg eine Frau in den VW, die er, nach ihren Bewegungen zu beurteilen, für jung hielt. Ihr knappes »Hi« als Begrüßung ließ vermuten, dass sie Amerikanerin war. Der Fahrer, offensichtlich ein Ostafrikaner, begrüßte seine Gäste auf Swahili. Das gefiel ihm nicht. Es erinnerte ihn allzu sehr an die Kellner in italienischen Restaurants in Berlin, die Gäste auf Italienisch ansprechen, um somit besonders charmant und originell südländisch zu wirken, obgleich sie wahrscheinlich schon 40 Jahre in Deutschland leben.

Er und die junge Frau setzten sich im Bus nicht nebeneinander. Es war noch dunkel am frühen Morgen und ihm war nicht nach Konversation mit einer fremden Frau zumute. Der Fahrer erklärte nun auf Englisch, dass er an zwei weiteren Hotels anhalten werde. Die Gruppe heute sei klein mit insgesamt fünf Gästen. Beim nächsten Stopp stieg ein junges Paar dazu. Offen und zugewandt begrüßten sie per Handschlag. Jason und Amanda hießen sie, stammten aus South Carolina in den USA und waren auf »Honeymoon«, auf Hochzeitsreise, wie sich später herausstellte. Der Fünfte der Gruppe, an einem vornehm wirkenden B&B-Gästehaus zusteigend, war ein älterer Herr, ein pensionierter Geschichtsdozent aus Montreal in Kanada. Er nickte freundlich zur Begrüßung in das Fahrzeug hinein und setzte sich vorne neben den Fahrer und »Tourguide«. Zwischen den Sitzen des Fahrers und dem älteren Herrn gab es einen Behälter mit einigen wenigen Flaschen Wasser. Das schien der »Proviant« für diese Tagestour zu sein.

Er hatte über Essen und Trinken unterwegs nicht nachgedacht, und das Hotelpersonal hatte ebenso wenig davon gesprochen und nichts bereitgestellt. Nun, ein Tag ohne großes Frühstück – er hatte nur eine Banane in der Hotelhalle gegessen – und ohne Lunch würde leicht zu schaffen sein, da er ohne Aktivitäten, als passiver Tourist über Stunden ruhig im Auto sitzen würde. So war es angesagt.

Sie fuhren nach Westen aus der Stadt hinaus. Im Osten stieg langsam die Äquatorsonne tiefrot aus dem Meer. Die flackernden Lichter in den Hütten am Straßenrand wurden verdrängt vom Tageslicht. Menschen und Tiere begannen diesen wie so viele andere Tage zuvor mit der schlichten Aufgabe, zu überleben mit dem Wenigen, was sie hatten, haben werden. Verkaufsstände am Straßenrand, auf kleinen Marktflecken und Imbissbuden, den Geruch von gegrillten Hühnchen und Maiskolben verströmend, wurden zum Treffpunkt am frühen Morgen, während Kinder in braven Uniformen an der Straße entlang über Kilometer zur Schule gingen. Die Besucher aus der hochzivilisierten westlichen Welt blieben still und hatten ihre Gedanken – jeder auf seine Art.

Bald verließen sie den Stadtrand. Der Fahrweg wurde staubiger, Menschen und Rinderherden seltener, die ostafrikanische Buschlandschaft weitläufiger. Und dann deutete ein großes Hinweisschild auf den Anfang des Tsavo-East-Nationalparks in 200 Kilometern! Er erschrak. Auf vier Stunden Fahrt in einem schlecht gefederten Fahrzeug war er nicht vorbereitet. Wie dumm, wie naiv von ihm! Und die anderen vier? Noch sprach man nicht miteinander am frühen Morgen. Noch waren sie Fremde auf einer langen Fahrt in den afrikanischen Busch.

Die erhabene Weite der ostafrikanischen Landschaft bringt Besucher zu jeder Zeit des Tages zum Staunen, zum Schweigen. Das gewiss an einem frühen Morgen, wenn das Tageslicht zaghaft am Horizont aus der Erde zu steigen scheint, wenn einzelne Tiere wie Gazellen oder Gnus scheu über die flache Weite ziehen, über afrikanisches Land, das noch friedlich ruht. Betörende Stille in lebendiger Natur!

Der Fahrer ließ den Motor immer wieder mal ruhen, um diese Natur ungestört auf die Besucher aus lauten Städten wirken zu lassen.

Unterbrochen wird diese Graslandschaft, diese Savanne, hier und dort von großen alten ehrwürdigen Akazienbäumen, deren weit ausgebreitete, schirmartige Kronen später am Tag den Tieren Schatten geben.

Auch diese fünf Touristen im abgenutzten VW-Kombi waren ehrfurchtsvoll schweigsam. Man schaute von Moment zu Moment übereinander hinweg, oder auch flüchtig zueinander hin. Der Fahrer telefonierte ab und zu mit seinem Handy. Er erklärte seinen Gästen, er sei in Kontakt mit Kollegen im Park, um sich auszutauschen, wo gerade eine Löwenfamilie oder ein Gepard oder eine Gruppe Giraffen zu sehen sei.

Kenia ist eines der Länder mit der größten Verbreitung von Handys in der Bevölkerung. Sogar einsame Massai mit ihren Herden nutzen diese Geräte zur Kommunikation.

Dennoch brach der Kontakt häufig ab, und der Fahrer schimpfte ärgerlich vor sich hin. Er fuhr über steinige, holprige Wege, abgelegen von der Hauptstrecke, durch den Park. Es war gut, zur Schonung des Rückens sich irgendwie im Fahrzeug festzuhalten, um die harten Stöße ein wenig aufzufangen. Aber diese Fahrt abseits der viel benutzten Strecke belohnte die Gäste mit großer Zahl grasender Tierherden, mit sich majestätisch bewegenden Gruppen von Giraffen und vergnügtfreundlich wirkenden Zebras. Der Fahrer war zufrieden, die Gäste aus weit entfernten Städten begeistert. Die Stimmung wurde locker. Man sprach miteinander und teilte sich Staunen und Bewunderung mit. Das alles in englischer Sprache, was ihn nicht störte, da er Englisch in den USA gelernt hatte und dies seine Umgangssprache im Beruf geworden war.

Irgendwann an diesem Morgen war am Horizont eine Flusssenkung zu erkennen. Sie war bewachsen mit hohen Bäumen, und am Rand dieses Wasserlaufes weideten zwischen dem grünen Gewächs Büffel und Gnus. Alle Blicke waren dorthin konzentriert, als der Fahrer im letzten Moment mitten im Fahrweg mit durchgedrücktem Gaspedal eine lehmbraune große Wasserlache zu überwinden versuchte. Ein abruptes Bremsen vor dem Hindernis war offensichtlich nicht mehr möglich. Das Fahrzeug machte einen Satz nach vorne und platschte mitten hinein. Die Räder fanden keinen Halt in diesem Matsch. Der Fahrer drehte den Zündschlüssel um und schaltete den Motor aus. Er nahm das Telefon erneut zur Hand. Es fand keinen Kontakt, keinen Empfang. Es war und blieb still. Was nun? Auch die Reisegruppe blieb still. Zunächst. Der Fahrer entschuldigte sich mit verunsichertem Gerede. Das sei ihm noch nie in Tsavo passiert. Und er hoffe, dass die Telefonverbindung wieder zustande komme, um Hilfe zu erbitten. Was sollte er sonst sagen!

Verwunderlich war, dass die Gruppe während der vergangenen Zeit keinen anderen Touristen begegnet war. Daher mussten sie annehmen, dass nur der günstige Zufall Hilfe bringen würde.

Dann ergriff er die Initiative, indem er sich vorstellte. Sein Name sei Alexander und er lebe in Deutschland, in Berlin. Er meinte, die sechs würden vielleicht länger hier ausharren müssen und es sei doch netter, sich mit dem Vornamen anzureden. Er hoffte so die allgemeine Verlegenheit zu brechen. Dann sagte diese hübsche junge Frau, ihr Name sei Dalia. Sie sei Amerikanerin und lebe auch in Berlin. Daraufhin lächelten sie, die beiden Berliner, sich freundlich zu. Jason und Amanda aus South Carolina hatten beim Einsteigen am frühen Morgen schon ihre Namen genannt – freundlich und zugewandt, wie Amerikaner das können. Der ältere Herr stellte sich als Michael vor, und somit war eine Brücke geschlagen zwischen diesen sehr verschiedenen Menschen. Ob sie ein Team im afrikanischen Busch, im Tsavo-Schlamm werden würden, müssten, könnten, war sehr fraglich.

Bald sagte Alexander zum Fahrer, man müsse etwas tun. Sie seien drei kräftige junge Männer und Michael, der ältere von den vieren, könne doch am Steuer, an der Schaltung sitzen, während die anderen drei versuchen zu schieben.
Er hatte hohe unverwüstliche Wanderschuhe an, mit denen er – wenn auch ungern – in den Schlamm treten könne. Ja-

sons Sneakers waren jedoch dafür wenig geeignet und der Fahrer hatte auch nicht das passende Schuhwerk an. Der Fahrer riet davon ab, barfuß tätig zu werden, wie er insgesamt wenig Begeisterung für den Versuch, das Fahrzeug aus dem Schlamm zu schieben, für anstrengendes Mühen zeigte. So blieb man sitzen und wartete auf eine Hilfe, die hoffentlich bald am Horizont auftauchen würde. Es war nicht so und es wurde heiß im VW-Kastenwagen, der nur zwei geöffnete Fenster vorne hatte. Die wenigen Wasserflaschen wurden gerecht verteilt und Alexander ging sparsam damit um, weil er annahm, dass er viele Stunden mit diesem kargen Reiseproviant auszukommen habe. Die Unterhaltung in der Gruppe war stockend. Keiner wollte Unsicherheit oder Skepsis zeigen. Keiner wollte ärgerlich werden und argumentieren über eine Situation, die unvorhersehbar war. War sie das wirklich, fragte sich ein jeder.

Obgleich Alexander an diesem Morgen wenig getrunken hatte, kam dann doch der Zeitpunkt, da er eine Toilette benötigte. Es war ihm peinlich, das zu erwähnen vor diesen fremden Menschen, aber er glaubte, es sei besser, darüber offen und klar zu reden. Die Seitentüre des Fahrzeuges war ohnehin offen. Nur so waren die äquatorialen Sonnenstrahlen unter dem Blechdach auszuhalten. Er schaffte es mit einem kräftigen Sprung aus dem Auto über die Matschlache, auf trockenen Grund zu gelangen. Er versteckte sich so gut wie möglich hinter einem der Büsche in der Nähe. Zurück jedoch musste er wohl oder übel durch den Schlamm – vorsichtig gehend auf Zehenspitzen mit seinen wetterfesten Schuhen.

»Wer ist der Nächste?«, fragte er lachend. Noch wollte niemand.

Dann fragte er den Fahrer, ob es nicht besser sei, auszusteigen und loszulaufen, bis er irgendwo nicht allzu weit wieder

Telefonkontakt finde. Der Fahrer lehnte dies ab. Löwen seien weniger gefährlich, solange man Abstand halte, sie in Ruhe lasse. Aber Büffel und Gnus, die man ganz nahe am Flussufer beobachten könne, seien oft sehr aggressiv. Denen möchte er ohne Schutz eines Fahrzeuges nicht begegnen. Und er meinte, dass die Reisegruppe spätestens am Abend als fehlend registriert werde und man dann eine Suche beginnen werde. Das war für alle gewiss nicht aufmunternd, aber was sollte man tun? Warten und hoffen.

Es war still rundherum. Die größeren Tiere, Büffel und andere afrikanische Arten, blieben entfernt am Fluss. Man konnte nur hin und wieder einen dunklen großen Körper bedächtig in Bewegung sehen. In der Nähe flogen kleine Vögel von Busch zu Busch, die sicherlich neugierig waren und wissen wollten, was es mit dem Fahrzeug auf sich hatte. Und in diesem Fahrzeug saßen sechs Personen auf unbequemen Kleinbussitzen unter einem heißen Autodach. Man blieb höflich, jedoch distanziert.

Alexander schaute hinaus durch die Fenster, durch die geöffnete Seitentür. Er schaute flüchtig, unbeteiligt von Person zu Person und er vermied dabei einen Blickkontakt. Er dachte so vor sich hin, dass Dalia, die amerikanische Berlinerin, zu gepflegt, zu stylisch angezogen sei für eine solche Exkursion: eine Khakihose und dazu farblich passende Schuhe, jene, die weder zum Sport noch zum Ausgehen gemacht sind und die er »Hybrids« nennt. Eine weiße Bluse mit aufgekrempelten Ärmeln und so weit geöffnet, dass er einen himbeerfarbenen BH erkennen konnte. Dazu ein Make-up, das nach Stunden unterwegs noch immer perfekt zu sein schien. Nun, er kannte das vom Leben mit Saskia. Ganz anders Amanda, die junge Frau aus South Carolina, in Jeans und T-Shirt mit irgendeinem Aufdruck, so wie es Touristen gerne tragen. Sie ohne Make-up, jedoch mit langen welligen Haaren, die auch an diesem frühen Morgen gewiss sorgfältig gewaschen und geföhnt worden waren.

Der Tag neigte sich dem Abend zu. Am Himmel bildeten sich hohe helle Wolkentürme. Das grelle Sonnenlicht des Tages verwandelte sich langsam in sanftes Gold und gab dem endlosen Himmel und der weiten Erde eine betörende Farbe. Jeder empfand das. Jeder versuchte auf seine Art die Bewunderung mit wenigen Worten zum Ausdruck zu bringen. Er dachte an den Film »Out of Africa«. Er dachte an diese wundervolle Darstellung Ostafrikas, an die berauschende Liebesgeschichte in der erhabenen Weite und Einsamkeit dieses Landes. Er mochte nun gerne still sein. Die Nacht, die auf sie zukam, beunruhigte auch ihn.

Irgendwann, bevor die Äquatornacht sie im Fahrzeug ganz und gar gefangen halten würde, sagte er erneut, dass man versuchen solle, von hier wegzukommen. Es müsse doch möglich sein, mit der Kraft von drei oder vier starken Männern die »Karre« zu bewegen. Er sei hungrig und durstig und das störe ihn mehr als verschlammte Schuhe und eine verdreckte Hose. Zögernd wurden sie sich einig. Dalia, die amerikanische Berlinerin, die dort gelernt hatte, mit einem Fahrzeug ohne Automatik zurechtzukommen, setzte sich ans Steuer und startete den Motor. Er lief zuverlässig. So weit, so gut. Die vier Männer, einer nach dem anderen, ließen sich langsam herab von der Seitentüre in den schlammigen, unter den Füßen blubbernden Morast. Sie hielten sich am Rand des VWs tastend aufrecht und jeder fand eine Position zum Schieben. Dalia hatte den ersten Gang eingeschaltet und wartete auf das Kommando von draußen. Das gab dann Alexander mit »eins, zwei, drei, los«. 20 oder 30 Zentimeter vorwärts schafften sie, aber die Reifen fanden keinen Halt im Grund und das Fahrzeug rutschte gegen alle Mühen der Männer zurück in die alte Position. Eine kurze Diskussion mit verschiedenen Ansichten beendete den Misserfolg, indem man zurück in das Auto stieg. Man schwieg, man war gehemmt, etwas zu sagen. Was sollte man auch sagen. Alexander hatte ein schlechtes Gewissen, dass das Ergebnis der Mühe bei den Männern nur verdreckte Schuhe und Hosen waren. Dagegen wirkten die beiden Frauen nahezu komisch in ihrem gepflegten Äußeren. Das jedoch sollte sich auch bald ändern, nachdem alle den Drang zum Verstecken hinter einem Busch nicht mehr aushalten konnten. Das kurze Gefühl der Erlösung wich bald wieder dem zehrenden Gefühl von Durst und Hunger, doch es blieb nichts übrig, als bereit zu sein für die Tropennacht in Afrika. Ein jeder versuchte auf seine Art, sich auf seinem Sitz zurechtzufinden.

Es war inzwischen stockdunkel. Sie gewöhnten sich daran. Sie hatten keine Wahl. Weder im Fahrzeug noch irgendwo in der Weite um sie herum gab es Licht, das ihre Augen hätte ablenken können. Trotz des Unbehagens bewunderten sie still den schwarzen weiten afrikanischen Himmel, der nur von wenigen Sternen und einer schmalen Mondsichel erhellt war.

Sie sahen ein einsames Zebra-Fohlen, das kläglich und sanft wiehernd vorbeitrottete. Es hatte wohl seine Mutter verloren.

»Das ist gefahrvoll. Ohne den Schutz der Mutter, der Herde«, meinte Amanda.

Der Fahrer stimmte ihr zu.

»Dieses kleine verlorene Tier wird hoffentlich nicht die Beute eines Löwen in dieser Nacht«, fügte sie hinzu.

»Und wir, werden wir attackiert von einem Löwen oder Büffel oder einem Elefanten, der sich bedroht fühlt?«, sagte Amanda so vor sich hin.

»Hast du Angst?«, fragte Dalia.

»Nein, Gott behütet mich. Hier und immer und überall«, war die feste Antwort.

»Welcher Gott?« Mit dieser Frage, die zynisch klang, mischte sich nun Michael von ganz vorne im Fahrzeug ein.

»Der allmächtige barmherzige Gott«, erwiderte Amanda nun mit der Betonung eines religiösen Eiferers.

»Ich habe in den vergangenen Jahren meine Frau mit ALS bis zum erlösenden Tod begleitet und gepflegt. Da war kein barmherziger Gott, der uns geholfen oder die Qual gemildert hat«, entgegnete Michael.

Ohne auf eine weitere Bemerkung zu diesem schweren Thema zu warten, fügte Alexander seine Fragen hinzu: »Und wo war Gott in Srebrenica, als wehrlose Männer niedergemacht wurden, nur weil sie einer anderen Religion oder Kultur angehörten, und wo war Gott hier in Afrika in Ruanda, wo wilde enthemmte Truppen mit Macheten töteten und Mädchen und Frauen vergewaltigten?«

Eine gewisse Verlegenheit brachte für eine Weile alle im engen Raum zum Schweigen, bis dann Dalia sich äußerte und meinte, dass es in dieser misslichen Situation doch keinen Grund zur Angst geben sollte, weil sie irgendwann gefunden und heil zurück nach Malindi gebracht würden. Nach einer längeren Pause, in der alle das intensive Nachdenken von Dalia spürten, sagte sie weiter: »Amanda, ich möchte dir dein Gottvertrauen nicht ausreden – gewiss nicht heute in dieser Situation, aber vielleicht sollte doch etwas Unruhe in deine *Religiosität* gebracht werden. Hast du mal ein Buch von Elie Wiesel gelesen?« Ohne eine Antwort abzuwarten fuhr sie fort: »Als tief religiöses Kind jüdischen Glaubens wurde er von den Nationalsozialisten mit Eltern und Schwestern aus Polen in Viehwagen gedrängt nach Auschwitz verschleppt. Nie würde er den Rauch vergessen, der aus den Krematorien stieg und ihm das irdische Ende seiner Mutter und Schwestern anzeigte, nie würde er die Flammen vergessen, die ihm seinen Glauben nahmen. Nie würde er den gequälten Aufschrei ,Wo ist Gott‘ vergessen, als er im Lager zusehen musste, wie ein unschuldiges kleines Mädchen vor seinen Augen erhängt wurde.« Und nach einer weiteren Pause ihre ernsten Worte: »So schwierig ist der Glaube an diesen deinen Gott.«

Amanda blieb fest bei ihrer Antwort. Das alles, dieses Leid sei die Strafe Gottes für unseren Ungehorsam, für unser sündiges Leben! Die Gruppe schwieg. Keiner fühlte sich frisch genug, um engagiert diese Auseinandersetzung fortzuführen. Alle erkannten die unüberbrückbaren Gegensätze und jeder wollte – verunsichert und eingesperrt in einem unbequemen Fahrzeug – diese Nacht im Busch in Afrika friedlich durchstehen.

Alexander hatte fest geschlafen. Vielleicht eine halbe Stunde. Das gelang ihm oft und es half, frisch zu bleiben auf Reisen oder an langen Arbeitstagen, die wenig Zeit zum Schlafen ließen. Er schaute sich um, von Person zu Person, soweit ihm das von seinem Sitz aus möglich war. Er schaute zu Dalia und fragte sich, warum sie als Amerikanerin bei der kurzen Auseinandersetzung über den beschützenden Gott, den Gott von Amanda, Auschwitz erwähnte. Auschwitz mit der Frage »Wo war Gott?«.

Die Vernichtung der Juden in Europa geschah doch weit weg von ihrem Amerika und geschah vor vielen Jahren, als sie und er noch gar nicht auf dieser Welt waren. Auf dieser schönen Welt, auf dieser bösen Welt?

Wohl aufwachend bewegte Dalia sich auf ihrem unbequemen Sitz, sie öffnete die Augen und ihre Blicke begegneten sich. Er schaute verlegen zur Seite. Sie schwiegen. Sie hatten sich jetzt nichts zu sagen, und sie wollten die anderen nicht stören oder aufwecken.

Er, Alexander, ist einer jener Deutschen, die sich belastet und beschämt fühlen von der deutschen Geschichte, der nationalsozialistischen Epoche, obgleich es die Generation seines Großvaters war, die aktiv oder passiv dazugehörte.

Alexander hatte Auschwitz besucht. Er war der Meinung, als Deutscher müsse man an einem der Orte der Verbrechen, in Erinnerung an damals, gewesen sein. In Erinnerung an den Horror, an das Verhungern, das Erfrieren, das Erschießen, das Erhängen, das Vergasen, das Verbrennen von Kindern, Frauen, Männern. Er hatte von den Überlebenden gelesen, wie sie in Viehwagen zu Hunderten in einem Waggon zusammengepfercht, kaum Luft, Licht und Wasser, mit verriegelten Türen, stehend, hockend, angelehnt über Tage und Nächte zu ihrer Exekution transportiert wurden.

Er, Alexander, sagte oft bei entsprechenden Gesprächen mit Zorn und einer Überbetonung, dass der Holocaust zu Deutschland, zur deutschen Geschichte gehört.

Wie gut ging es ihm in dieser Nacht!, sagte er mit Vernunft zu sich selbst. Ein halbwegs erträglicher Sitz im Schutz eines soliden Fahrzeuges unter einem friedlichen afrikanischen Himmel mit der Gewissheit, dass in einigen Stunden Hilfe erscheinen würde, oder?

# New York 1968

Hendrik lebte zur Miete in einem typischen »Brownstone House« in der »Upper East Side« in New York. Er war zu einem intensiven Sprachkursus mit der Carl-Duisberg-Gesellschaft nach Amerika gekommen, und es war ihm danach gelungen, sein Visum, seinen Aufenthalt zu verlängern, um an der Columbia University für ein Semester amerikanische Literatur zu studieren. Irgendjemand aus seinem Sprachkursus wusste, dass eine Frau, die an der 82. Straße lebte, ein Zimmer mit anliegendem Bad vorübergehend vermiete und dabei gerne Deutsche als Mieter hätte, weil sie die deutsche Sprache studiere und üben wolle.

Sarah Stone war ihr Name. Er rief sie an, er stellte sich vor, und es stimmte sogleich zwischen den beiden. Sie waren sich sympathisch und einigten sich schnell auf Kosten und Bedingungen. Er hatte ein Zimmer in der zweiten Etage mit Blick in die hohen Eichenbäume des kleinen Gartens zwischen den Häusern der 82. und 83. Straße. Er hatte sein eigenes Badezimmer und er durfte die Küche im Erdgeschoss, dort, wo sie wohnte, mitbenutzen. Die Nachbarschaft bot Restaurants und alle die kleinen Läden an, die man zum täglichen Leben braucht, und zur Uni benutzte er Bus und U-Bahn.

Sarah war jung und hübsch und wohlhabend, wie er von ihrer Kleidung und von der Einrichtung des Hauses her annehmen konnte. Und bald erzählte sie ihm bei einem Kaffee am Morgen, dass ihre Eltern mit einem kleinen Flugzeug über Long Island tödlich verunglückt seien und ihr dieses Haus vererbt haben. Ein Bruder lebte an der Westküste. Sie sah ihn selten.

Der Sommer war heiß und schwül, so wie ihn New Yorker kennen und dennoch in jedem Jahr mit ihm hadern.

In den Schlafräumen des Hauses an der 82. Straße waren Klimakühlgeräte in die Fensterrahmen eingebaut, aber er vermied es, diese zu benutzen, weil ihn das Geräusch des Kompressors störte. Eine zentrale Klimaanlage gab es damals noch selten. Das Haus stand im Schatten der Bäume an der Straße und im Schatten der alten hohen Bäume im Garten und es blieb daher kühl im Kontrast zu der drückenden Sommerluft, durch die man sich draußen und in den U-Bahn-Stationen mühen musste.

Nach dem Unterricht saß er mit seinen Büchern gerne im kleinen Garten, geschützt vor Lärm und Wetter, und das erlaubte Sarah, ohne gefragt werden zu müssen. Sie kam dann häufig dazu mit einer kühlen Limonade für den Gast und für sich.

So vertiefte sich der Kontakt und beide erzählten von Kindheit und Jugend und dem verschiedenen Aufwachsen in Hamburg und New York, in Deutschland und in Amerika.

Er hatte den Zweiten Weltkrieg oder »den Krieg«, wie er das nannte, in einer kleinen Stadt im nördlichen Schleswig-Holstein weit weg von Kampf und Zerstörung, weit weg vom brennenden Hamburg durchlebt. Das erzählte er mit Dankbarkeit einerseits, aber mit einem Anflug von schlechtem Gewissen andererseits. Warum wurde ausgerechnet er verschont von all dem Schrecken jener Zeit, fragte er sich häufig.

Sein Vater kam nur wenige Monate nach dem Ende des Krieges unversehrt aus englischer Gefangenschaft heim.

Die materielle Bedürftigkeit, die Behinderungen mit gesperrten Straßen, gesprengten Brücken und überfüllten Zügen und Hunger und Frieren in den ersten Wintern im »Frieden« waren das Normale. Es ging ja allen so. Schulspeisung und Carepakete blieben ihm klarer in der Erinnerung als all die Plackerei. Er war ja noch ein Kind und lebte nur mit.

Er erinnert sich gerne an seine spätere Jugend in einem gepflegten traditionellen Stadtteil von Hamburg, ein Gebiet, das der Zerstörung entgangen war. Das Leben wurde sehr bald gut. Die Vergangenheit wurde verdrängt. Lehrer und Eltern und Kinder sprachen nicht darüber, fragten nicht danach.

Er machte sein Abitur. Dem folgte ein Studium an der Technischen Hochschule in Aachen, verbunden mit praktischen Erfahrungen in Industrieunternehmen. Er wollte Maschinenbauingenieur werden und das Studium der englischen Sprache, der Sprache der Welt, sollte die letzte Stufe seiner Ausbildung sein.

In jeder Weise anders war das, was Sarah erzählte, und es brachte ihn mal wieder zum Grübeln über die Geschichte seines Landes.

Sarah liebte klassische Musik. Besonders die der deutschen Komponisten Bach, Beethoven und Brahms und nicht zuletzt Mozart. Sie ging regelmäßig in Konzerte und die bot die Metropole New York in Fülle mit Musikern aus allen Ländern der Welt.

Sarah erzählte von ihrer Mutter, einer begabten Violinistin, die nach der Emigration aus Deutschland nie wieder ein Instrument in die Hand nahm, aber ihre Kinder mit Musik aufwachsen ließ. Musik blieb Trost und eine Verbindung zu der verlorenen Heimat, auch ohne ihr Instrument in den Händen zu haben, meinte sie. Ihr Vater war schon als junger Mann ein angesehener Chirurg in Berlin. Nach der Einwanderung in die USA musste er sein Studium wiederholen, weil eine deutsche medizinische Ausbildung nicht anerkannt wurde. Er schaffte das mit Energie und mit der zugefallenen Begabung der Familie und er wurde auch in Amerika, in New York, ein erfolgreicher Arzt. Er verdiente viel Geld, und er konnte sich ein Segelboot an der Küste Long Islands und ein Sportflugzeug leisten, mit dem er dann tragisch bei schlechtem Wetter die Orientierung verlor und mit seiner Frau, Sarahs Mutter, tödlich abstürzte.

Sarahs Familie ist jüdisch – nicht orthodox, nicht praktizierend, aber mit dem stolzen Bewusstsein, einer Kultur anzugehören, die trotz der Verfolgung über Jahrtausende nicht nur überlebt hat, sondern immer wieder in verschiedenen Ländern dieser Erde auf vielseitige Art und Weise Hervorragendes geschaffen hat. Und zu allem Beachtlichen der jüdischen Geschichte und Tradition hat der Zusammenhalt der Juden auch ihrer Familie in schweren Zeiten geholfen.

Sarah zeigte gerne Fotos des Hauses ihrer Großeltern in Berlin-Dahlem und Fotos dieser Großeltern auf der Terrasse des Hauses oder beim Segeln in der Umgebung von Berlin. Das sah nach glücklichen Zeiten aus. Ihr Großvater war wie sein Sohn ein erfolgreicher, geschätzter Arzt und die Familie war Mitglied einer protestantischen Kirchengemeinde in Berlin. Das verhinderte jedoch nicht, dass auch diese Familie im Regime der Nationalsozialisten bald den Judenstern tragen musste, und dass er als Jude seine medizinische Praxis aufgeben musste.

Zu ihren Eltern war das Schicksal gut, meinte Sarah. Kurz vor Beginn des Zweiten Weltkrieges gelang ihnen die Flucht nach England und von dort mit der Hilfe von Verwandten die Emigration in die USA. Sie und ihr Bruder kamen beide in New York zur Welt.

Zu den Großeltern war das Schicksal weniger gut. Sie konnten nicht glauben, dass dieses fanatische und böse Naziregime für lange Zeit überleben würde. Sie konnten nicht glauben, dass die Gerüchte über Vertreibung und Exekutionen wahr seien. Sie liebten Deutschland und sie waren zu alt für einen neuen

Anfang in der Fremde. Sie blieben, bis auch sie eines Tages aus ihrer Bleibe in verdreckte, überfüllte Bahnwaggons getrieben wurden und über Tage und Nächte mit kaum Brot und Wasser, ohne Licht und Luft der Ohnmacht nahe nach Osten geschafft wurden. Die Selektion trennte am Ziel in Auschwitz Familien und Ehepaare. Die einen in die Gaskammern, die anderen in die Arbeitslager. Der Großvater überlebte alle unvorstellbaren Qualen und Demütigungen, um dann am Ende doch noch auf dem Todesmarsch nach Westen im Januar 1945 am Wegesrand liegenzubleiben und zu erfrieren.

»Wir wissen von der anonymen Masse der gequälten Menschen, aber für mich sind es die Eltern meiner Eltern, und das macht das Grauen für mich fassbar«, sagte Sarah. »Es peinigt mich immer wieder. Es ist wie eine Erblast, die ich nicht ablegen kann.« Sie sprach dabei in gebrochenem Deutsch, die Sprache ihrer Familie, ihrer Vorfahren aus Deutschland. Er, Hendrik, hatte zugehört und geschwiegen. Es gab dazu keine Frage, keine Erklärung. Er sah sie an mit ernsten Augen und er umarmte sie zögernd und zärtlich.

# Ostafrika

## Frühjahr 2015

Ein neuer Tag, ein neuer Morgen in der Natur Ostafrikas! Die Faszination, die Begeisterung am ersten frühen Tag mit der großen Erwartung auf das Naturerlebnis, das dieser Reisegruppe wie so vielen Touristen in Ostafrika versprochen war, blieb nun aus im Tausch für ein unerwünschtes Abenteuer. Diese fünf Touristen wie auch der Fahrer waren müde nach langer Nacht auf unbequemen Autositzen. Sie waren durstig und hungrig und ungewaschen und besorgt.

»Wie geht es nun weiter?«, fragte Alexander unwirsch den Fahrer.

Nun gelte sein Fahrzeug ganz bestimmt als vermisst und mit diesem Tagesanbruch sei man in Malindi gewiss aufgebrochen, um die Reisegruppe zu suchen, war die Antwort, war der Versuch zu beruhigen. Der Tsavo-Park sei groß, aber jeder Fahrer habe gewisse bevorzugte Strecken und die kenne man im Büro. Und man wisse, dass eine Tagestour gebucht war, sodass er, der Fahrer, im östlichen Teil des Parks bleiben würde. In den nächsten Stunden werde man gefunden sein und die Tour mit einem anderen Fahrzeug fortsetzen können. Die Gäste nahmen es hin. Sie glaubten ihm. Was sollten sie tun? Ein ärgerlicher lauter Protest würde niemandem helfen. Man versuchte den goldenen Morgen, die Weite der Landschaft, den sich blau färbenden Himmel und die friedlich grasenden vorbeiziehenden Tierherden tief in den Sinnen zu speichern und das Gute dieser misslichen Situation in Erinnerung zu behalten für die hektischen, dunklen Wintertage daheim in den westlichen überzivilisierten Städten. Man wartete und schwieg.

Und dann in der Mitte des Tages kam tatsächlich der erlösende Moment, als ein grauer Landrover sich näherte. Die beiden jungen Amerikaner aus South Carolina klatschten mit ungezügelter Begeisterung so wie beim Football zu Hause im Stadion. Die afrikanischen Fahrer diskutierten laut und temperamentvoll, als das rettende Auto nebenan geparkt war. Sie versuchten nun mit beiden Handys, eine Verbindung zu bekommen, aber es blieb erfolglos. Dies blieb ein Stück Land ohne Kontakt zur Welt. Man stieg um, diesmal gerne durch den zuvor möglichst gemiedenen Schlamm. Das abgesackte Fahrzeug blieb zurück. Es sollte später flottgemacht werden mithilfe eines weiteren Gefährtes, das mit Vierradantrieb ausgestattet war.

Es stand eine lange Rückfahrt zu den Hotels bevor, aber wen kümmerte das. Am ersten Rasthaus an der Hauptstraße hielt man an. Einfach war es, aber ganz und gar ausreichend. Die Waschräume waren sauber und das gebackene Hühnchen duftete und schmeckte köstlich. Dazu belebte der Kaffee aus Kenia und alle waren froh und entspannt, als man das Auto für die Weiterfahrt erneut bestieg.

Sie erreichten Malindi in der Dämmerung. Zuerst wurde der Gast aus Montreal an seinem B&B abgesetzt. Er gab allen seine Karte mit der freundlichen Einladung, ihn anzurufen, wenn man einmal in Montreal sein sollte. Es wäre dann gut und schön, Erinnerungen bei einem Lunch oder Dinner auszutauschen. Es sei doch ein Abenteuer gewesen, diese Fahrt in den Tsavo-Park. Jason und Amanda verließen den Bus danach an ihrem Hotel und verabschiedeten sich mit Lächeln und festem Handschlag. Die beiden wollten in den wenigen verbleibenden Tagen Strand und Meer genießen. Das sei genug Safari gewesen, sagten sie lachend und erleichtert jetzt wieder in ihrem sicheren Hotel. Danach stiegen Alexander und Dalia aus. Er gab dem Fahrer einen Geldschein mit Händedruck und einem »thank you«. Sie hätten Pech und Glück zur gleichen Zeit gehabt, meinte er dabei.

Es wäre sehr schön, wenn sie mit ihm zu Abend essen würde, sagte er dann zu Dalia. Das Restaurant auf der Terrasse unter Palmen mit Blick über den Sandstrand zum Meer sei doch geeignet, um ihre Rückkehr, wohlbehalten, aus dem afrikanischen Busch zu feiern. Wohlbehalten, dachte er. War das so? Noch empfanden sie keinen Grund, es anders zu nennen.

»In einer Stunde? Ist das okay?«

»Ja, gerne«, sagte sie auf Deutsch mit dem Charme des amerikanischen Akzentes.

In seinem Zimmer, das seit gestern früh mit Aircondition unangenehm unterkühlt war, genoss er einen unvernünftig langen Aufenthalt unter der Dusche mit heißem Wasser. Mit frischem Hemd, gebügelter Khakihose und blank geputzten Lederschuhen fühlte er sich wohl, und er war gespannt, wie der Abend mit dieser attraktiven Dalia verlaufen würde.

Er fand den passenden Tisch in einer ruhigen Ecke des Restaurants. Es war ohnehin nicht voll besetzt, weil es recht spät am Abend war und weil doch die Menge der Touristen ausblieb. Das war gewiss auch ein wirtschaftliches Problem für Kenia. Spielte doch der Tourismus für die Parks und die Küste des Landes eine bedeutende Rolle. Es tat ihm leid für dieses schöne gastfreundliche Land, dass diese wichtige Einnahme zu versiegen drohte.

Er dachte auch über sein Verhalten in den vergangenen 30 Stunden nach. War er zu dominant in seinen Forderungen nach Aktivität oder vielleicht auch arrogant in seiner Distanz zu den Mitfahrenden gewesen?

Sein Grübeln kam sehr bald zu einem Abbruch, als sie das Restaurant betrat – quer durch den Raum auf ihn zugehend oder schreitend, wie er es sah. Eine schöne Frau, dachte er.

Ein luftiges Sommerkleid trug sie. Die vollen dunklen Haare schwingend mit ihrem Gang, im Gesicht ein wenig Make-up und ein vornehm dezenter Duft schwebte um sie herum.

Er stand auf, begrüßte sie mit einem altmodischen Handkuss, den er von seinem Vater abgeschaut hatte. Die flüchtige Umarmung mit einem Wangenkuss rechts und links passte jetzt nicht und lag ihm ohnehin nicht.

»Sprechen wir Deutsch oder Englisch?«, fragte er.

»In Deutschland Deutsch oder mit einem Deutschen Deutsch«, war ihre Antwort. Und sie fügte hinzu: »Ich habe eine Freundin in Berlin, die in den USA gelebt und dort studiert hat, und immer, wenn die Unterhaltung über ihr Fachgebiet geht, dann spricht sie Englisch, sonst Deutsch. Machen wir es doch auch so.«

»Eine Flasche Wein, rot oder weiß, und eine Flasche Wasser, still oder sprudelnd?«, fragte er. Sie einigten sich auf Weißwein und stilles Wasser. Sie suchte nicht länger in der Karte und bestellte Hummer mit verschiedenen Gemüsen, alles vom Grill. Er wollte keine Zeit vergeuden mit langem Suchen und wählte daher Huhn mit Reis.

»Nicht sehr einfallsreich, aber für mich immer richtig«, meinte er.

Sie stießen dann mit ihren Gläsern an, sagten »cheers« zueinander und genossen einen großen Schluck Wein. Ein Sommerwein, der nicht zu trocken und nicht zu süß war. Er hatte ihn mit Geschick ausgesucht.

»Wenn wir Deutsch reden, dann sagen wir Du zueinander. Ist das okay, Dalia?«

»Ja, sicher. Wenn wir Englisch miteinander sprechen, nennen wir uns ohnehin beim Vornamen.«

»Und unsere Safari in Afrika? Was haben wir dazu zu sagen?«, fragte Alexander.

Schweigen und ein sanftes Lächeln um ihre geschlossenen

Lippen. Das war ihre Antwort. Dabei berührten sich ihre Blicke länger, als es wohl sein sollte in diesem Moment.

»Mit dem Versuch, das Geschehen nüchtern darzustellen, sage ich, dass es für mich mühsam, ja anstrengend war. Und Hunger und Durst hatte ich.«

»Das hatten wir alle«, unterbrach Dalia.

»Du hattest keine Angst?«, fragte er.

»Nein. Ich glaube nicht. Aber wenn du so fragst, dann bin ich unsicher mit einer Antwort. Der Mensch kann lange durchhalten ohne Essen und auch ohne Trinken, und ein Angriff durch große Tiere gegen ein im Schlamm feststeckendes Auto war doch nicht zu befürchten, wie der Fahrer sagte.«

Dann Stille am Tisch. Sie schaute in ihr Weinglas, das sie in beiden Händen hielt, so als wollte sie den Inhalt wärmen. Er versuchte, durch die offene Terrassentür die sanften Wellen des Meeres zu erkennen. Dann meinte er, dass es eine Spannung innerhalb der kleinen Gruppe gab, die er auf sich bezog. Michael, der ältere Herr aus Kanada, war ja umgänglich und sympathisch und weise, aber die Naivität und Provinzialität von Jason und Amanda hätten ihn gereizt und das merkten wohl alle und das brachte diese zusätzliche Anspannung.

Das Essen wurde nun gebracht. Der Hummer war so vorbereitet, dass man leicht und ohne eine große Serviette als Schutz vor Flecken und Spritzern an das Fleisch kam. Die verschiedenen Gemüse des Landes sahen verlockend aus. Das Hühnerfleisch im Reis war gut gewürzt und keinesfalls so langweilig, wie man annehmen könnte. Es schmeckte gut, aber dennoch aßen sie mit Zurückhaltung und erfreuten sich mehr am Wein als an den Speisen. Dabei unterhielten sie sich über Berlin und die vielen verschiedenen Möglichkeiten in teuren und einfachen Restaurants, in deutschen und internationalen Restaurants, auf Dachgärten, in Kellern, auf Schiffen, in Parks und überall draußen Tische und Stühle mit Heizstrahlern und Decken für die kühlen Tage im Jahr.

»Du erwähntest Auschwitz beim Gespräch im Fahrzeug, am Abend dort im Busch. Du wusstest in dem Moment schon, dass ich Deutscher bin.« Er schwieg eine Weile und sie erwiderte nichts. Dann sagte er, dass die Worte Auschwitz und Jude selbst von Deutschen seiner Generation immer noch mit Beklemmung ausgesprochen würden, obgleich es die Großväter waren, die all das Böse mit zu verantworten hatten.

Daraufhin erwiderte Dalia knapp und ohne Zögern: »Ich bin Jüdin.«

Nach erneuter Pause mit Blick in das Weinglas vor ihm erwiderte Alexander: »Und ich bin evangelisch.« Er ergänzte noch: »Aber was bedeutet das in Deutschland?«

»Ich bin gewiss nicht orthodox, nicht mal praktizierend. Meine Vorfahren in Berlin waren sogar konvertiert und evangelisch. Ich besuche manchmal an jüdischen Feiertagen eine kleine Synagoge in Berlin. Ich bin nicht religiös. Und du?«

»Auch ich nicht. Aber manchmal beneide ich die Menschen, die im Gespräch mit Jesus und Gott immer für alles eine Antwort oder zumindest einen Trost finden. So ähnlich wie Amanda aus South Carolina. Aber bei ihr und bei so vielen rechtgläubigen und wohl auch rechtschaffenen Menschen in Amerika kommt eine geistige Enge dazu, die mich ärgerlich macht. Was meinst du? Du bist Amerikanerin?«

»Ja, es ist so. Leider. Aber New York City, wo ich herkomme, ist liberal und international und weltoffen. Und geldoffen! Auch das. Leider.«

»Das ist eine tiefgründige Unterhaltung zwischen zwei Menschen, die vorgestern noch nicht voneinander wussten.« Dabei schaute er sie an. Er ließ seine Blicke gleiten über die leeren Tische des Restaurants in die dunkle Weite am Meer und zurück zu ihren Augen.

»Dalia, du siehst sehr gut aus, dein Gesicht, deine Gestalt, deine Kleidung! So ein Glück, dir begegnet zu sein, brachte mir diese verpatzte Tour durch einen Naturpark in Kenia!«

Dalia errötete und lächelte. Er nahm zärtlich ihre Hand weg von ihrem Glas, weg von einem Gegenstand, an dem sie sich festzuhalten schien.

»Lebst du in Berlin alleine?«, fragte er dann.

»Ja, ich habe dort eine kleine Wohnung in Kreuzberg gemietet, eingerichtet mit Ikea-Sachen. Einfach, aber schön und zweckmäßig. Du kennst Ikea. Ich weiß ja noch nicht, wie lange ich in Berlin sein werde. Ich bin gerne in Berlin und meine Arbeitserlaubnis kann immer wieder verlängert werden. Information Technology ist mein Fach. Die Firma, bei der ich arbeite, ist eines der Berliner Start-ups, gegründet vor wenigen Jahren von einem jungen Mediziner, der mit Ehrgeiz und umwerfender Energie Wissenschaftler weltweit miteinander vernetzen will. Damit sollen positive wie auch negative Forschungsergebnisse für Wissenschaftler und praktizierende Mediziner überall in der Welt leicht greifbar werden. Das Unternehmen wird großzügig von Investoren finanziert und es verkauft Werbeanzeigen. Das Team ist international und man spricht Englisch. Das hilft mir natürlich. Macht Spaß, diese Entwicklungsarbeit.«

»Wie bist du daran gekommen?«, fragte er.

»Ich hatte in New Jersey für Bayer gearbeitet. Und so entstand der Kontakt nach Berlin. Die wussten bei Bayer, dass ich mal für einige Zeit in Deutschland arbeiten wollte – aber gewiss nicht in Leverkusen.«

Ein Moment Stille. Und dann sagte Dalia ganz überraschend, dass sie Schmerzen im Bein habe. »Das kommt vom Reden über medizinische Forschung und Bayer«, meinte sie dann zur eigenen Beruhigung.

Er hatte das Gefühl, dass sie mit ihrer Erzählung verhindern wolle, dass ihr Gespräch zu persönlich würde. Dennoch fragte er weiter: »Hast du in New York jemanden verlassen?«

»Meine Mutter«, antwortete sie. »Wir leben beide an der ‚Upper East Side‘. Ich habe das Apartment behalten, nachdem mein Freund mit mir Schluss gemacht hatte. Er nahm seinen Kram mit, und was übrig blieb und mich zu sehr an ihn erinnerte, habe ich zur Salvation Army geschafft.«

»Wart ihr lange zusammen?«, fragte er.

»Zu lange – rückblickend. Er arbeitete an der Wall Street. Er war frech und verwöhnt. Er sah gut aus. Und du?«, fragte Dalia.

»Eine ähnliche Geschichte, scheint mir«, antwortete Alexander. »Sie verließ mich nach einigen gemeinsamen Jahren in Berlin. Sie ist Model. Sie ist frech und verwöhnt. Sie sieht gut aus.«

Sie lachten dann über die Wortwahl, über die Schilderung ihrer Partner. Lachten sie aus Verlegenheit? Oder war es Galgenhumor? Oder mit der Gewissheit, dass man nun weiß, wie man miteinander umgehen kann?

Ob man ins Bett miteinander gehen kann, fragte er sich.

»Wir müssen eine verlorene Nacht aufholen. Wir sollten jetzt gehen«, sagte sie.

Die Rechnung wurde vom Kellner gebracht.

»Das teilen wir, okay?«

»Nein, der Abend mit dir war so schön. Den Betrag nehme ich dafür gerne auf meine Zimmerrechnung.«

»Vielen Dank«, erwiderte sie.

Sie standen auf und es machte ihr sichtbar Mühe, gerade zu stehen. Sie musste sich zunächst für eine Weile an der Kante eines Tisches festhalten.

»Du erschreckst mich. Ich gehe mit dir auf dein Zimmer.« Er war besorgt.

Sie gingen langsam nebeneinander durch die leeren Tischreihen des Restaurants, durch die Hotelhalle zum Aufzug. Zur dritten Etage. Das war auch seine Etage. Den dunklen Gang entlang, auf einer Seite offen mit Blick über Palmen in den afrikanischen Himmel, auf der anderen Seite kalter Beton und die Reihe grauer Zimmertüren. 309 war die Türe, an der sie ihre Karte nahm und vor das Schloss hielt. Das grüne Licht am Griff und ein kleiner »Klick« machten das Öffnen möglich. Er ließ sie vorangehen und folgte in ihr Zimmer. Der Vorhang zum Balkon war weit zurückgezogen und der Blick war frei auf den dunklen, stillen Indischen Ozean.

Er schloss die Türe leise hinter sich und sie standen eine Weile wortlos und verlegen ganz nahe nebeneinander, wortlos mit Blick in die Ferne.

Dann wandte sie sich zu ihm, umarmte ihn, berührte seine Stirn sanft mit ihrer Stirn, legte ihren rechten Arm um seine Schulter und ihre Hand an seinen Hinterkopf. Streicheln oder festhalten, fragte er sich.

»Ich fühle mich gar nicht gut. Mein Bein schmerzt und ich bin schwach. Es war ein schöner Abend. Es tut mir leid, dass er so endet. Ich muss mich ausruhen. Vielleicht war die vergangene Nacht im VW, im Busch doch mehr Stress, als wir meinten.«

»Ich bleibe bei dir. Ich lasse dich jetzt nicht alleine. Das Sofa an der Wand ist groß genug für mich. Ich schlafe dort und wenn du etwas brauchst, rufe. Ich bin dann sofort auf den Beinen. Und morgen sehen wir weiter. Vielleicht brauchst du einen Arzt. Malindi hat gewiss auch ein gutes Krankenhaus.«

»Ich ziehe mir etwas anderes an für die Nacht, putze meine Zähne und dann darfst du selbstverständlich das Bad benutzen. Sieh mal, wie geschwollen mein Bein ist. Ob das ein Insektenstich war?«

Nach wenigen Minuten kam sie wieder in einem weißen T-

Shirt und weißen Shorts, was zusammen man als Schlafanzug bezeichnen konnte. Sie legte sich mit einem tiefen Stöhnen in ihr Bett. Er brachte ihr noch ein Glas Wasser aus einer angebrochenen großen Flasche, berührte zärtlich ihre Stirn und schaltete das Licht aus mit den Worten »Gute Nacht und gute Besserung«.

Die Nacht war nicht so gut, wie er es ihr und sich gewünscht hatte.

Dalia war unruhig und er war immer wieder aufgewacht aus kurzem, tiefem Schlaf und er horchte dann besorgt zu ihr hin. Er konnte spüren – so meinte er – , ob ihre Bewegungen Unruhe oder nur ein normales Drehen und Wenden im Bett waren. Ja, sie mussten eine verlorene Nacht aufholen, aber es machte Mühe, in dieser Situation den entspannten, erholsamen Schlaf zu finden.

Irgendwann ging er zu ihr an ihr Bett, um zu schauen, ob sie wach sei. Sie sah schön aus mit ihren dunklen Haaren und der hellen makellosen Gesichtshaut und das unter dem silbrigen Mondlicht, das durch das Fenster ins Zimmer fiel. Sie schlief. So vermutete er es, ohne sie anzusprechen.

Sie sei Jüdin, hatte sie beim Essen am Abend gesagt. Jüdin aus New York. Hatte das eine Bedeutung für ihn? War er schon mal mit einer hübschen jüdischen Frau in einem Hotelzimmer gewesen? Gewiss nicht! Hatte er jüdische Bekannte in Berlin? Sein Freund Daniel Rosenbaum war nach der Wiedervereinigung mit seinen Eltern aus Israel nach Berlin gekommen. Er hatte ihn nie gefragt, warum nach Deutschland, warum nach Berlin, in dieses Land, in diese Stadt mit solch einer bösen Vergangenheit? Er hatte ihn nie gefragt, wie man als Israeli hier in Deutschland eine Heimat finden kann.

Und Dalia? Warum war sie nach Deutschland gekommen? Warum hatte sie die deutsche Sprache gelernt? Warum nicht

Spanisch, die zweite Sprache Amerikas? Warum nicht Chinesisch, die Sprache, die vielleicht in einigen Jahren zur neuen Weltsprache, zur neuen Handelssprache wird?

Diese und solche Gedanken gingen durch seinen Kopf, als er zwischen kurzen Schlafphasen und Wachsein den Morgen herbeisehnte.

Und der Morgen kam bald mit einer großen tiefroten Sonne aus dem Meer steigend und dabei das Zimmer in eine märchenhafte Farbe tauchend. Er stand erneut an ihrem Bett mit einem sanften »Guten Morgen«. Sie lächelte.

»Ich bereite einen Kaffee oder einen Tee mit der Maschine hier im Zimmer. Ist das okay? Kaffee oder Tee? Ist ja beides hier.«

»Tee, bitte.«

»Und wie war die Nacht? Was macht das Bein?«

»Das Bein ist warm, geschwollen und schmerzt. Sieh mal. Die Nacht war recht gut. Ich hatte ja eine fürsorgliche Person in der Nähe. Das half. Ich danke dir.«

Das Wasser sprudelte und kochte in der Kanne sehr bald, er spülte zwei Becher damit, nahm zwei Beutel English Breakfast Tea und gab ein wenig Zucker und abgepackte Milch dazu, so wie sie es wünschte. Inzwischen war das Zimmer hell erleuchtet von einer großen Sonne über dem Indischen Ozean an einem klaren blauen Himmel. Und der Tee schmeckte sogar gut. Dann meinte er, dass er in seinem Zimmer nebenan duschen und sich rasieren wolle und dass beide danach überlegen würden, was zu tun sei. Sie nickte und war mit allem einverstanden.

Sein Zimmer wirkte seltsam aufgeräumt und leer auf ihn. Es war ja seit zwei Nächten unbenutzt. Die Bettdecke war sorgfältig und einladend zu einer Seite gelegt und die Hand- und Badetücher, die er am Abend zuvor benutzt hatte, waren ausgetauscht und es lagen frische und sorgfältig gefaltete Tücher bereit. Seine wenigen Sachen waren ordentlich wie immer im Koffer oder dort, wo sie hingehörten.

Wie geht das weiter mit Dalia und mir, fragte er sich. Warum fühlst du dich verantwortlich für eine fremde Frau, die in einem Hotel in Afrika krank geworden ist? Gewiss, sie ist hübsch und klug, aber sie ist zurückhaltend und leidend. Und sie ist Jüdin. Ist es das, was dich veranlasst, gut zu sein?

Er rasierte sich. Er mochte diese Zweitagebärte, die zu dieser Zeit zum Äußeren eines »coolen« Mannes gehören, nicht. Er duschte lange und wohltuend mit heißem Wasser und er nahm danach ein frisch gebügeltes weißes Hemd zu seiner beigen Baumwollhose.

So erfrischt nach einer langen mehr oder weniger schlaflosen Nacht klopfte er an ihre Zimmertüre. Er hatte den Schlüssel nicht mitgenommen. Nun hoffte er, dass ihr kurzer Gang zur Türe, diese Bewegung gut für sie war. Sie hatte inzwischen wohl auch geduscht und ihre Haare gewaschen. Die nassen ungeregelten Strähnen standen ihr dennoch gut zu Gesicht, dem sie ein unaufdringliches Make-up gegeben hatte. Zu den weißen Shorts trug sie nun ein cognacfarbenes hochgeschlossenes T-Shirt.

»Du siehst gut aus, gar nicht krank«, sagte er.

»Ich fühle mich aber leider schwach und das Bein stört mich sehr.«

Sie hatte ihr iPhone in der Hand und sagte, dass sie eben einen Text an ihre Mutter in New York gesendet habe. »Ich schrieb ihr nur, es sei schön und interessant in Kenia. Ich will sie nicht beunruhigen mit unklaren Nachrichten.« Und dann legte sie sich ausgestreckt auf ihr Bett.

»Was nun?«, fragte Alexander. »Wir sollten einen Arzt suchen. Und vorher ein wenig frühstücken. Wie wären Toast mit Feigenmarmelade hier aus dem Land. Und Tee hier aus dem Land?« Sie war einverstanden und er bestellte es für beide am Telefon.

Dann rief er den Concierge unten an und erklärte, dass der Gast in Zimmer 309 einen Arzt benötige, einen Internisten oder Allgemeinmediziner. Das sei kein Problem, war die Antwort. Das sei gewiss an diesem Morgen zu arrangieren, und er werde Bescheid geben, wer wann kommen könne. Das war beruhigend für Dalia und Alexander. Und dann wurden Tee und Toast gebracht auf einem großen Tablett mit weißem Damasttuch und Servietten und einer kleinen Orchidee dazu.

»Das ist unser Honeymoon-Frühstück nach einer berauschenden Nacht, denkt der Kellner sicherlich.«

»Ja, das wäre schön gewesen«, meinte er und er lachte sie dabei an. Sie schaute zum Fenster und erwiderte seinen Blick, sein Lachen nicht.

»Entschuldige bitte, das hätte ich nicht sagen sollen.« Er legte seine Hand sanft auf ihre.


Später am Morgen klingelte das Telefon und der Rezeptionist fragte, ob der Arzt, der soeben angekommen sei, in das Zimmer 309 kommen dürfe, was sie bejahten. Kurz danach klopfte jemand an der Türe und ein großer und schlanker junger Mann, ein Afrikaner, stellte sich vor als Dr. Ojanga. Er trug ein weißes Hemd und eine weiße Hose und sah professionell aus – so wie man einen Arzt gerne sieht.

Dalia lag auf ihrem Bett, sie stellte sich vor und begrüßte den Arzt freundlich. Sie schilderte ihr Unwohlsein und zeigte ihr geschwollenes, warmes Bein.

Dr. Ojanga fragte, seit wann sie diese Beschwerden habe und ob sie Gäste aus Deutschland seien.

»Wir können auch Deutsch miteinander reden. Ich habe in Deutschland, in Ostberlin, studiert und dann als Assistenzarzt in der Charité gearbeitet.«

Das hörten sie gerne, es schaffte Vertrauen. Der Arzt erkundigte sich, was sie in den letzten Tagen getan und erlebt hätten, und er kam mit diesen Informationen schnell und sicher zu der Diagnose, dass es eine tiefe Beinvenenthrombose sei, dass damit immer die Gefahr einer Lungenembolie bestehe und dass sie zunächst in einem Krankenhaus beobachtet und behandelt werden müsse.

»Haben Sie eine Reisekrankenversicherung?«, war schließlich seine nächste Frage. Und als beide das bejahten, meinte er, dass sie nach Berlin in die Innere Abteilung der Charité transportiert werden solle.

»Ich kenne diese Prozedur, diesen Umgang mit Versicherungen von verschiedenen Krankheitsfällen bei Touristen hier. Ich telefoniere mit Ihrer Versicherung und erkläre, dass die Überführung notwendig ist.«

Dalia war erschrocken und blass geworden. Alexander versicherte, dass seine ADAC-Plus-Police für ihn und Partnerin die Kosten übernehmen würde. Er habe diese Police seit Jahren und bei allen seinen Reisen glücklicherweise nie beansprucht.

»Nun müssen die mal ran«, meinte er. »Ich hole das Dokument aus meinem Zimmer.«

Dr. Ojanga war zu jeder Hilfe bereit und er nahm sich Zeit dazu. Er telefonierte, er beschaffte einen medizinischen Kompressionsstrumpf für Dalias Bein und gab der Patientin ein Antikoagulationsmedikament. Und die bescheidene Arztrechnung am Ende des Tages, die Dalia bar bezahlte, war eine schöne Überraschung.

»Wir könnten Sie hier in Malindi behandeln, aber in Berlin sind Sie besser aufgehoben. Morgen um diese Zeit sind Sie dort in der Charité. Ich wünsche Ihnen eine gute Reise und schnelle Genesung«, sagte er zum Abschied mit einem herzlichen Händedruck.

Dalia und Alexander packten und waren am Nachmittag bereit für eine ungewöhnliche, ungeplante Flugreise von Malindi nach Berlin.

# New York

## Sommer 1968

Hendrik wollte in New York nicht nur die »Upper East Side« – also dort, wo er lebte – und nicht nur die Columbia University – also dort, wo er lernte – und nicht nur den Central Park – also dort, wo er joggte – kennenlernen. Nein, er war wissbegierig und wollte die vielen verschiedenartigen Stadtteile mit deren eigenen Merkmalen erleben. Dazu gehörte gewiss Harlem mit seiner Afro-Latino-Kultur und auch das jüdische Williamsburg am anderen Ufer vom East River. Hin und wieder hatte er in Manhattan jüdische Männer in ihren traditionellen schwarzen Gewändern gesehen, aber Sarah riet ihm zu einem Besuch in dem Stadtteil, der von der Lebensweise der streng orthodoxen chassidischen Juden beherrscht wurde, der Stadtteil, der in einer progressiven Weltstadt New York das Zuhause einer rückwärts gerichteten Volksgruppe war. Er war beeindruckt, er war erschrocken. Durfte er so empfinden als Kind einer Nation, die vor nicht allzu langer Zeit Millionen Menschen gequält und grausam umgebracht hatte, nur weil sie Juden waren, nur weil sie sich mit jüdischer Religion, Geschichte und Kultur identifizierten? Sie waren ihm unsympathisch, diese orthodoxen Juden in Williamsburg, und er zögerte zunächst, das Sarah zu sagen. Wie wenig wusste er. Und dennoch wagte er die Ansicht, dass eine insulare jüdische Sekte, geprägt von zeitfremden Bestimmungen und Verhaltensweisen einer Religion, die man jüdische Orthodoxie nennt, auch einen Deutschen mit immerwährendem Schuldgefühl abschrecken und verärgern darf. Darüber würde er mit Sarah sprechen. Er wollte Gewissheit haben, dass seine Abneigung erlaubt ist.

Seine Zeit in den Vereinigten Staaten ging nun dem Ende entgegen. Er war gerne in New York. Er war fasziniert von der Architektur in dieser Stadt, er war fasziniert von dem Zusammenleben vieler Rassen und Kulturen und Lebensweisen mit ihrer Musik, ihren Speisen und Getränken, so wie er das aus seinem Deutschland nicht kannte.

Er war beeindruckt und zugleich verwirrt von dem Gegensatz zwischen Arm und Reich.

Er war begeistert von der liberalen Atmosphäre und dem partnerschaftlichen Zusammenarbeiten der Professoren und Studenten an der Universität.

Er war gerne Untermieter in Sarahs typischem »Brownstone«-Haus im Nordosten von Manhattan, an der »Upper East Side«. Aus diesem Mietverhältnis, dieser räumlichen Nähe war jedoch bald eine physische und psychische Nähe geworden, die ihn und Sarah beglückte und zugleich belastete. Eine Trennung kam unentrinnbar auf sie zu. Seine Aufenthaltserlaubnis lief bald ab. Er gehörte nach Deutschland und sie sagte, sie könne nur in New York leben.

Eine Jüdin in Deutschland, dort, wo ihren Vorfahren so viel Misshandlung und Mord widerfahren waren! Kann das möglich sein? Das fragte er sich. Nein, das kann nicht möglich sein, sagte er sich. Noch war die Vergangenheit sehr nahe.

Ein Sommer in New York und dann eine Trennung für immer? Sie beide vermieden, das so auszusprechen.

Und eine Schwangerschaft? Das wäre verhängnisvoll! Sie meinte, ihren Kalender, der regelmäßig sei, genau zu kennen. »Die Pille« war noch nicht alltäglich im Leben einer jungen Frau.

Es verblieb wenig Zeit zusammen. Ein langes Wochenende! Sie schlug eine Fahrt nach Montauk zu den Hamptons vor. Dieses Stück Land an der Atlantikküste im Nordosten von

Long Island sei nicht nur ein Refugium der wohlhabenden New Yorker im heißen Sommer, sondern es sei eine abgelegene Landschaft mit Sonne, Sand und Meer, die ihm, Hendrik, sicherlich gefallen werde. Sie lade ihn ein in ein schönes gepflegtes Gästehaus ganz nahe am Meer. Er stimmte dem gerne und dankbar zu.

Es wurde ein Wochenende mit Sonne, Dünensand und Meer, dem großen weiten, endlos wirkenden Ozean zwischen New York und Hamburg. Ein Wochenende mit Leidenschaft, Zärtlichkeit und unvernünftigem, annähernd jugendlichem Glücksgefühl.

Als Hendrik dann bald danach seinen Koffer für die Heimreise gepackt und ein Taxi zum Flughafen John F. Kennedy bestellt hatte, war Sarah zum Abschied nicht an der Haustüre. Es lag dort lediglich ein großes weißes Blatt Papier mit eindringlicher schwarzer Schrift und den Worten LEBE WOHL. Er hob es auf, faltete es sorgfältig und steckte es in seine Jackentasche. Als er dann die Haustüre öffnete, fuhr das gelbe Taxi soeben vor. Der Fahrer war hilfsbereit mit dem Gepäck. Hendrik schaute zurück in das erschreckend verlassen und leer wirkende Haus, schloss die Haustüre leise und fest zugleich, ging langsam zum Taxi und schaute sich noch einmal um. Nein, kein erneutes Öffnen der Türe, kein Aufeinanderzugehen, kein festes Umarmen!

»Airport JFK, please«, sagte er zum Fahrer.

Würde er Sarah nie wiedersehen, fragte er sich.

Diese Vermutung schmerzte.

# Charité Berlin

## Sommer 2015

Diese Flugreise in einem Jet, den Prominente oder Vorstände von großen Unternehmen zur Verfügung haben, diese Reise von Kenia nach Berlin wird Alexander und Dalia sicherlich ein Leben lang in Erinnerung bleiben. Wie »Jetset« fühlten sie sich – amüsiert und gut gestimmt, wäre da nicht die Beklemmung über den ungewissen Zustand von Dalia gewesen. Allerdings machte Alexander sich auch Gedanken über die Kosten, die auf ihn zukommen könnten, obgleich die Versicherung bisher unbürokratisch und großzügig verfahren war. Er versicherte Dalia, dass er alle nicht gedeckten Kosten übernehmen würde.

Warum war er bereit, Kosten zu übernehmen, die mit ihrem Missgeschick verbunden waren? Nur weil sie eine hübsche und nette Frau ist? Oder ist es immer wieder dieses vage Gefühl, dass ein Deutscher gut zu einer Jüdin sein muss.

In Tegel brachte ein Ambulanzwagen die beiden zur Charité in Berlin-Mitte. Dort war man vorbereitet und sie wurde ohne Verzögerung in die Abteilung der Kardiologie und Gefäßchirurgie gebracht. Hier verabschiedete Alexander sich schnell mit einem sanften Kuss auf ihre Stirn und mit der erleichternden Gewissheit, dass sie nun in bester Betreuung war.

»Ich fahre in meine Wohnung in Spandau. Du hast meine Telefonnummer. Lass mich wissen, was man mit dir macht, wie es weitergeht. Und ich komme später oder morgen vorbei. Ist das gut so?«

Ja, das sei in Ordnung. Sie lächelte ihn an, müde, jedoch entspannt, weil sie sicher war, dass nun alles medizinisch Richtige getan wurde und dass ein fürsorglicher, wenn auch immer noch fremder Mann in Berlin an ihrer Seite ist.

Die Ärzte ließen Dalia ihr aufregendes Reiseerlebnis in Kenia ausführlich erzählen und hörten gerne zu. Sie sprachen sogar Englisch mit ihr, nachdem sie erfahren hatten, dass sie Amerikanerin aus New York sei. Auch das fanden Ärzte und Schwestern interessant, obgleich Berlin doch eine internationale Stadt ist und sie, Dalia, gewiss nicht die einzige Amerikanerin in diesem Gemisch junger Menschen aus aller Welt und gewiss nicht die erste Amerikanerin zur Behandlung in diesem großen Krankenhaus ist. Sie wurde mit medizinischer und vielleicht auch mit deutscher Gründlichkeit untersucht, mit Ultraschall und Blutabnahmen und Aktionen, die sie nicht verstand oder nicht verstehen wollte. Am Abend und in der Nacht erfreute sie sich in ihrem Zimmer, das auf einer der oberen Etagen des Krankenhauses lag, am Blick über die Dächer von Berlin.

Alexander mit dem Beruf »Arbeitsloser«, wie er es lachend nannte, hatte genügend Zeit, fürsorglich zu sein, und brachte Blumen, Schokolade und Trauben und Apfelsinen.

Dalia hatte nach ihrer Ankunft mit ihrem Arbeitgeber telefoniert und alles erzählt. Man war verständnisvoll, wünschte schnelle Heilung und sagte ihr freundlich, dass man hoffe, sie bald wieder »an Bord« zu haben.

Nach wenigen Tagen gaben ihr die Ärzte ein rundherum gutes Gesundheitszeugnis bis auf die Thrombose im rechten Bein, die konsequent mit Medikamenten und vorsichtiger Bewegung behandelt werden müsse. Einstweilen war an eine Rückkehr an den Arbeitsplatz nicht zu denken.

»Aber Sie dürfen nach Hause gehen«, sagte der freundliche Stationsarzt, ohne zu bedenken, dass diese Patientin New Yorkerin ist.

»Was ist zu Hause?«, fragte darauf Dalia.

Alexander saß in einem bequemen Stuhl – offensichtlich eine Sitzgelegenheit für Besucher – nahe an ihrem Bett.

»Ja, was ist zu Hause, fragst du. Ich schlage meine Wohnung als dein temporäres Zuhause vor. Sie ist groß genug, hat ein Gästezimmer und Gästebad, und ein Aufzug führt direkt vom Erdgeschoss in meine Dachgeschosswohnung. Das macht es für dich leicht zu einer Taxe, zu einer Therapie, zum Besuch nach ‚Old Town Spandau‘ wenige Schritte entfernt. Der alte Ort Spandau ist sympathisch, angenehm zum Leben, und einladend zum Einkaufen, für Käsekuchen oder Erbsensuppe und eine Apotheke ist gleich um die Ecke. Was meinst du?«

»Das ist ein lieber Vorschlag von dir. Aber zu viel des Guten.«

»Ach was! Wir sind zusammen in diese heikle Situation geraten und nun stehen wir es gemeinsam durch. Und ich freue mich, wenn ein wenig Leben in meine Wohnung kommt. Das Alleinsein bedrückt mich doch mehr, als ich dachte.«

»Aber Alexander, da ist noch mehr zu sagen als mein ‚Dankeschön‘. Ich mag dich, ich mag dich sehr, aber ich kann nur bei dir wohnen wie ein ‚College Roommate‘. Zwei, die eine Wohnung teilen und nett zueinander sind, nicht mehr. Ich bin nach diesem Erlebnis in New York noch nicht reif für eine neue intime Beziehung zu einem Mann, zu irgendeinem Mann. Was meinst du?«

»Ich werde das respektieren. Ich verspreche dir, gut zu sein.«

»Und meine Anziehsachen und meinen persönlichen Kram? Was machen wir damit?«, fragte Dalia dann noch.

»Wir fahren in deine Wohnung und holen alles, was du benötigst. Okay?«, war Alexanders Antwort, indem er seine Hand fest auf ihre Schulter legte.

Wenige Stunden später verließen sie das Krankenhaus und fuhren in seinem komfortablen BMW-SUV, made in America, nach Berlin-Spandau.

# Berlin-Spandau

## Sommer 2015

Als die beiden am nächsten Tag zu Dalias Wohnung gefahren waren und dort eine Menge Kleidungsstücke und einige
persönliche Teile wie kleine gerahmte Fotos und noch zu le-
sende Bücher und nicht zuletzt die Post der letzten Wochen aus
einem vollgestopften Briefkasten nach Spandau geholt hatten,
da sah dann bald Alexanders Gästezimmer so aus, als sei es
Dalias Wohnung, ihr Zuhause in Berlin, seit eh und je.

Durch die Hilfe der Apothekerin um die Ecke, bei der sie
den verschriebenen Blutverdünner kaufte, fand Dalia einen
Therapeuten, der sie bei vorsichtiger Berücksichtigung ihrer
Behinderung durch diese Beinvenenthrombose fit halten sollte.
Sie war immer in ihrem Leben eine sportliche Frau gewesen,
und sie wollte ihre Kondition so gut wie möglich erhalten oder
zumindest wiederaufbauen, sobald das möglich war. Der The-
rapeut war energisch und behutsam gleichermaßen, und die
Zeit dort tat ihr gut.

Der Tag von Alexander und Dalia begann am frühen Morgen,
wenn die Sommersonne durch große Fenster in die Wohnung
schien, mit einem gemeinsamen Kaffee. Danach ließen sie sich
alleine für den Lauf des Tages, alleine mit Laptop, Zeitung,
Buch oder irgendwelchen Besorgungen im Ort. Sie blieb per
Telefon in Kontakt mit dem Team am Arbeitsplatz und er war
eifrig, doch ohne Hetze und Dringlichkeit auf der Suche nach
einer neuen beruflichen Aufgabe in Berlin.

Die »Speisekarte« für den Abend besprachen sie zusammen. Er
kaufte ein und sie kochten dann mit Spaß und guten Ergebnis-

sen das Abendessen. Zu der Tätigkeit in der Küche tranken sie den passenden Wein, den sie ebenso gemeinsam aussuchten.

Das Zusammensein dieses ungewöhnlichen Paares war so entspannt, ausgeglichen und froh, dass er sich Mühe geben musste, sein Versprechen auf Distanz zu dieser Frau einzuhalten. Nur eine knappe Berührung ihrer Wange oder ihres Armes erlaubte er sich hin und wieder.

Sie nahm es still hin. Sie waren miteinander behutsam und vorsichtig – einander nahe, ohne dabei verkrampft zu sein, fast wie eine geschwisterliche Zuneigung!

Was wird aus dieser Beziehung, wird sie weitergehen – oder enden, fragte er sich alleine in mancher Nacht. Dabei hielt ihn die Sehnsucht nach ihrem Körper, nach einer innigen Umarmung lange Minuten wach. Aber die Verabredung zwischen den beiden, sein Versprechen auf Distanz, blieb unverrückbar. Dass ihre Wege sich im fernen, fremden Afrika gekreuzt haben, muss doch ein Zeichen des Schicksals sein. So glaubte er.

Sommer und Herbst 2015 veränderten das gelassene, selbstgefällige deutsche Land. Hunderttausende Flüchtlinge aus den Kriegsgebieten im Nahen Osten, unter die sich jene vom Balkan mischten, die ein besseres Leben im gelobten Deutschland erhofften, überwältigten Grenzsoldaten, Verwaltungen, Hilfsorganisationen und die fürsorglichen Menschen.

Die Bundeskanzlerin sagte am 31. August »Wir schaffen das«, während die Berliner und Bürger überall im Land, die auf Bahnhöfen, in improvisierten Unterkünften und Heimen und schier endlosen Reihen von wartenden Frauen mit Kindern und Alten und Jungen das Geschehen miterlebten, das bezweifelten. Die Hilfsbereitschaft der Mehrheit der Deutschen war groß, während die Abneigung einer Minderheit gegen die

Fremden stärker und sogar gewalttätig wurde. In dieser ange-spannten Situation forderte dann ausgerechnet der Zentralrat der Juden in Deutschland eine »Obergrenze für Geflüchtete«.

Diese Äußerungen wie jene von Frau Merkel, die Bilder und Kommentare im Fernsehen und die Eindrücke in der Stadt, die Berichte im Berliner Tagesspiegel – täglich frühmorgens vor die Türe gelegt – und die Meinungen in der Jüdischen Allgemeinen Wochenzeitung – gekauft in einem Kiosk in der Nähe der Wohnung von Dalia – gaben der bisher leichten Abendunterhaltung neuen Inhalt und ernste Tiefe.

Alexander und Dalia beurteilten die Flüchtlingsflut ohne Sorge um Überfremdung, Gewalt und Terror. Sie konnten und wollten im Gespräch voneinander lernen: der Deutsche mit dem Wunsch, hilfsbereit zu sein, Wiedergutmachung zu leisten nach dem Völkermord vor knapp hundert Jahren, und die jüdische Amerikanerin aus dem vorbildlichen Einwande-rungsland – wie so manche meinen – mit seiner Integration von Menschen aus aller Welt!

Dalia fühlte sich nicht als Jüdin in Berlin, sie war Amerika-nerin in Berlin. Zugleich wusste sie, dass in keiner Weltstadt außerhalb Israels die junge jüdische Bevölkerung so wächst wie in Berlin, und dabei handelt es sich in erster Linie um liberale, progressive »Professionelle«. So wie sie.

Die Belastung der Schoah verblieb bei den älteren Juden der Stadt, bei denen, die sich noch als Nachkommen der Holo-caust-Überlebenden bezeichnen und empfinden. Das sind auch jene Verzagte, die immer mal wieder den »gepackten Koffer« erwähnen, den Koffer für den Fall, dass es wieder zu Attacken gegen Juden in Deutschland kommen sollte. Es gibt auch jene, die einen Stadtteil wie Neukölln ängstlich meiden und gewiss dort keine Kippa tragen, weil die wachsende muslimische Bevölkerung ihnen Angst macht.

»Und in New York?«, fragte Alexander. »Der Holocaust ist sicherlich die tragischste Epoche der jüdischen Geschichte, jedoch Verfolgung der Juden hat es immer gegeben – zur Römerzeit, im Mittelalter in Spanien, in Deutschland, in der Sowjetunion! Mit diesem Bewusstsein pflegen wir umso mehr 3000 Jahre jüdische Geschichte und Tradition.«

Sie schwieg für eine Weile, dachte nach und sagte dann: »Wir Amerikaner neigen nicht zum Jammern, wir wollen patriotisch, stark, positiv und zuversichtlich sein. Die Katastrophen, auch die im eigenen Land, auch die von Amerikanern zu verantwortenden, gehören bestenfalls in den Geschichtsunterricht. Für euch in Deutschland bleibt die Erinnerung eine unlöschbare Hypothek. Und das ist richtig so. Jedoch sollte es zugleich ein normales jüdisches Leben hier geben, ein normales Zusammenleben ohne diese verkrampfte Übersensibilität gegenüber Juden und dem Staat Israel.«

Alexander war berührt davon, dass es dieser Begegnung mit Dalia und der Flüchtlingswelle 2015 bedurfte, um sich tiefere Gedanken zu machen über ein Zusammenleben verschiedener Kulturen und Religionen in seinem Deutschland, in seinem Berlin.

Inzwischen hatte Dalia in der Charité eine weitere Ultraschalluntersuchung, die ein gutes Ergebnis zeigte. Das Blutverdünnungsmedikament nahm sie zuverlässig ein und die regelmäßige Physiotherapie tat ihrem Körper und ihrer Psyche gut. Mit ihren Kollegen in der Firma, mit ihrem Team war sie regelmäßig per Laptop via E-Mail in Kontakt.

Und ihre Bleibe? Alexander und Dalia meinten beide freimütig, dass sie sich aneinander gewöhnten. Sie lachten bei dieser Äußerung – Dalia ein wenig verlegen und scheu, was genau genommen nicht zu ihr passte.

Bei den Abendgesprächen über Deutschland im Sommer 2015, über Geflüchtete in Griechenland, auf dem Balkan, an den deutschen Grenzen, in den deutschen Städten, über Ertrinkende im Mittelmeer, über gute und schlechte Menschen, über Antiislamismus und Antisemitismus in Berlin, war es Dalia immer wichtig zu sagen, dass sie eine Frau jüdischer Herkunft sei. Ohne eine Belastung durch die Vergangenheit sei Erinnern für sie ein inneres Gebot. Gewiss jetzt in Deutschland, in Europa, wo eine Stimmung gegen Minderheiten immer lauter zum Ausdruck kommt!

Ihre Vorfahren, ihre Urgroßeltern, waren liberale, selbstbewusste Juden in Berlin, die sich bis 1933 wohlfühlten in Deutschland. Das betonte Dalia immer wieder.

»Ich möchte dir auf einem jüdischen Friedhof im Nordosten der Stadt ein altes Familiengrab, das Wut und Zerstörung überstand, zeigen. Lass uns das planen für einen schönen Herbsttag«, sagte Dalia eines Abends.

Alexander nickte. Und dann nach einer Pause im Gespräch fügte er hinzu: »Und ich möchte, dass du meinen Vater, meine Eltern kennenlernst.« Dabei konnte er gewiss nicht ahnen, was dieser harmlose nette Vorschlag mit sich bringen würde.

Und so ergab es sich bald, dass Dalia und Alexander sich an einem Spätsommertag mit dieser frischen Berliner Luft und weißen Wolken, die am blauen Himmel vorbeizogen, auf den Weg nach Prenzlauer Berg zum alten jüdischen Friedhof an der Schönhauser Allee machten. Sie nahmen die S-Bahn und nicht seinen luxuriösen BMW.

»Die Bewegung und das Umsteigen ist gut für meinen Körper und wir müssen uns nicht um einen Parkplatz mühen«, sagte Dalia.

Auf dem kurzen Weg vom Haus zur Station standen Müllbehälter im Weg. Der Abholplan der Stadt wurde mal wieder nicht eingehalten. Eine Ampel funktionierte nicht, sodass das Überqueren der Straße für Fußgänger und für die verwegenen Berliner Radfahrer ein Wagnis wurde. Die S-Bahn war verspätet – aus technischen Gründen, wie es die Anzeige mitteilte. Sie nehmen es leicht und lachen über die Misslichkeiten ihrer Stadt. Sie lieben sie so wie alle jene, die aus der ganzen weiten Welt hierhin strömen – Junge und Alte, Akademiker und Rentner, Glücksuchende und Geld Erbettelnde. Der Zug wird kommen, sagten sie sich. Und er kam. Es regte sie nicht auf zu warten. Sie waren in der komfortablen Lage, Zeit zu haben. Wie lange noch, fragten sie sich allerdings mehr und mehr. Mit einem Umsteigen am Westkreuz erreichten sie ihr Ziel ganz nahe am Kollwitzplatz, dort, wo er mit Saskia gelebt hatte. Er wurde sentimental. Er behielt es für sich. Er wollte nun an dieser Stelle mit dieser Frau darüber nicht sprechen.

Dalia wusste, wohin, und nach wenigen Minuten standen sie am Tor der gusseisernen schützenden Umzäunung des »Jüdischen Friedhofs Schönhauser Allee Berlin«. Sie bat ihn, eine Kippa, die jüdische Kopfbedeckung, die dort bereitlag, zu nehmen, und sie ging voraus in die Vergangenheit des Judentums in Berlin, dunkel und tief versteckt unter großen alten Bäumen, verborgen mit Scham vor dem, was geschah. Die Grabsteine sind alt und verwittert und nichts deutet auf Kontakt zu den Lebenden. Juden schmücken ihre Gräber nicht mit Blumen – und wer sollte es auch tun, wer kann, wer mag sich erinnern an das Leben und Sterben vor so langer Zeit? Dalia fand das Grab ihrer Ururgroßeltern unter den vielen ehrenwerten Namen deutsch-jüdischer Geschichte ohne Mühe. Die Namen kaum erkennbar, aber für sie die Namen ihrer Familie als Bürger im Berlin des 19. Jahrhunderts.

»Nun weißt du, warum ich nach Berlin kam«, sagte sie leise und schaute dabei in seine Augen. Sie kehrten nach einer Weile schweigend um, zurück in das lebendige, laute Berlin.

Sie schlenderten entlang der Kollwitzstraße in die Richtung zum Kollwitzplatz. Das Laufen tat ihr gut und es brachte Abstand zum Friedhof – räumlich und gedanklich. Sie schauten in alle diese verschiedenartigen Läden mit Klamotten, Kindersachen, Möbeln, Blumen, Tee, Wein und Verführerischem aus fremden Ländern. Dazu gab es Kneipen und Restaurants und wie überall in Berlin viele Möglichkeiten für Kaffee und Kuchen. Ein kleiner Tisch draußen im Schatten lud sie ein zu Croissants und dem unentbehrlichen Latte macchiato. Er mit viel Zucker und sie ganz ohne diese ungesunde Zugabe.

»Lass mich noch einmal gedanklich die Brücke zu deinen Ururgroßeltern hier auf dem Friedhof schlagen«, sagte er dann zu Dalia. Und er dachte laut: »Deine Mutter lebt in New York. Sie wurde geboren in New York. Die Eltern deiner Mutter, deine Großeltern, emigrierten kurz vor dem Zweiten Weltkrieg von Berlin über England nach Amerika, nach New York, wo Verwandte für sie bürgten und so ihre Einwanderung möglich machten. Deine Urgroßeltern kamen in der Schoah um. Das Grab deiner Ururgroßeltern besuchten wir soeben. Habe ich das so richtig verstanden?«

»Ja, so ist das richtig«, erwiderte Dalia.

»Du hast oft von deiner Mutter gesprochen, von eurer engen vertrauensvollen Beziehung – eher Freundinnen als Mutter und Tochter. Ihr wohnt sogar nahe beieinander in dieser großen Stadt New York. Aber du erwähntest niemals deinen Vater.«

Dalia schaute ihn an. Ein Blick, den er verlegen nennen würde – oder vielleicht auch spöttisch. Sie ließ sich Zeit. Und dann sagte sie schließlich: »Ich bin ein uneheliches Kind. Darüber sprach man damals nicht gerne. Das war meiner Mutter peinlich. Wie anders ist das heutzutage.« Sie sagte alle diese kurzen Sätze mit langen Pausen. Sie ließ ihm Zeit.

»Und dein Vater, wo lebt der? Siehst du ihn«, fragte Alexander.

»Nein, ich kenne ihn nicht. Das war ein ‚fling‘, sagt meine Mutter, ein glücklicher kurzer Sommer in New York. Dann war er weg, der Mann. Weg aus New York, weg aus ihrem Leben. Dann war es vorbei. Tieftraurig war sie, meine Mutter. Verlassen fühlte sie sich. Aber bald erkannte sie ihre Schwangerschaft und wurde glücklicher von Tag zu Tag. Sie freute sich auf mich, wie sie sagte. Sie wusste, dass sie es alleine schaffen würde. Und es half dabei, dass sie sich um Geld für unser Leben, für unsere gemeinsame Zukunft keine Gedanken machen musste.«

»Welch eine Geschichte!«, erwiderte Alexander mit einem tiefen Seufzer und einem sanften Schütteln des Kopfes. »Nach all den Wochen zusammen erzählst du davon erst heute.«

»I am sorry, tut mir leid. Aber ist das wichtig? Eine Geschichte aus längst vergangener Zeit! Ich stehe fest im Leben – auch ohne Vater. Dem Himmel sei Dank, dass es heute Verhütungen gibt, und mir das nicht passiert.«

»Mit Verhütung wärst du nicht, und das wäre sehr schade!«

Sie lachten sich an. Sie standen auf und machten sich auf den Weg zurück nach Spandau. Das war ein guter Tag. Das spürten sie beide ohne viele weitere Worte.

# Hamburg

## Herbst 2015

Der Hauptbahnhof in Hamburg hat eine ungewöhnliche Architektur. Anstelle des üblichen Tunnels unter den Gleisen, von dem aus die Reisenden auf Treppen oder mit Fahrstühlen nach oben zu den Bahnsteigen gelangen, gibt es in diesem Bahnhof einen Übergang, von dem man Treppen nach unten zu den Bahngleisen, zu den Zügen benutzt. Somit hat man von diesem Übergang aus einen ungehinderten Blick auf das Geschehen in diesem großen Gebäude, auf die Züge und Menschen von irgendwoher nach irgendwohin.

Alexander ist immer fasziniert von der Technik, von den Abläufen, von den Menschen auf Flughäfen und Bahnhöfen, aber an diesem Tag packte ihn und ebenso Dalia, die mit ihm von Berlin nach Hamburg reiste, etwas ganz anderes.

Es war der Herbst der Flut von Flüchtlingen, Vertriebenen, Asylsuchenden, die vor Terror, Bomben, Kälte und Hunger Schutz in Deutschland suchten. Und auch hier, auf diesem Bahnhof, kamen sie an und hofften verwirrt und verloren auf Hilfe und Orientierung. Mütter und Kinder, Junge und Alte saßen in Decken gehüllt auf den kalten Fliesen der Halle – mit Wasserflaschen und Broten und Äpfeln, die von Helfern verteilt wurden. Und diese Helfer im freiwilligen Einsatz über Stunden und Tage sprachen deren Sprache, womit sie, die Geflohenen, ein Auffangen in diesem fremden Land verspürten.

Zum großen Fußballfest 2006 hieß es »Die Welt zu Gast bei Freunden«. Nun schien es, als seien die Verlorenen aufgenommen von diesen selben Freunden. Jeder zehnte Deutsche war in diesem Jahr 2015 ein Flüchtlingshelfer in irgendeiner Weise. Deutschland wollte gut sein!

Jedoch schon bald entwickelte sich dieses Gutsein zum größten politischen Konflikt des Landes.

Tief beeindruckt machten sich Alexander und Dalia von dort auf den Weg zu seinen Eltern. Sie sollten nun endlich seine amerikanische Freundin kennenlernen.

»Du siehst es hier mal wieder«, sagte Alexander, als sie die Bahnhofshalle verließen. »Wir Deutsche versuchen immer noch, das Böse unserer Vergangenheit nicht nur durch Schuldbekenntnis, sondern ebenso durch Wohlverhalten wettzumachen.« Er fügte nach einer Weile hinzu: »Ich sollte dabei sein bei diesen freundlichen Helfern.«

»Du bist ein freundlicher Helfer. Wie wäre ich ohne dich aus Afrika zurück nach Berlin gekommen? Wie wäre ich wieder auf die Beine gekommen? – So sagt man das doch auf Deutsch, nicht wahr?« Und dabei schaute Dalia ihn verhalten lächelnd von der Seite an.

Das Haus im Stadtteil Harvestehude steht dort ehrwürdig in gepflegtem weißen Anstrich am Alsterpark, nahe der Außenalster, dieser großen Wasserfläche inmitten der Stadt. Gebaut zu Beginn des letzten Jahrhunderts überstand es die Zerstörung im nationalsozialistischen Krieg und die Wirren der Nachkriegszeit. Es wurde zu einer wertvollen Immobilie, ähnlich wie das »Brownstone«-Haus von Dalias Mutter in Manhattan. Wie verschieden jedoch im Stil und in der umgebenden Atmosphäre zeigen sich diese Häuser! Dalia – als sie sich mit Alexander der hohen jugendstilartigen Haustür näherte – vermittelte der Anblick eher Respekt als offene Gastlichkeit. Aber was soll's, sagte sie sich. Hamburg ist nicht wie New York und

Alexanders Elternhaus in Hamburg ist weit entfernt vom Haus ihrer Mutter in Manhattan.

Hendrik Hansen öffnete die Türe. Gut aussehend, groß, schlank in dunkelblauem Blazer, heller Flanellhose, gepflegtem Hemd, gepflegten Schuhen. »Ein Hamburger Herr«, möchte man fast sagen.

»Ich bin der Vater von Alexander, wie Sie sich denken können, und ich freue mich sehr, Sie kennenzulernen«, sagte er mit einem herzlichen Händedruck. Er führte die beiden in einen hellen großen Wohnraum mit einem Erker, von dem der Blick weit durch herbstlich entlaubte Bäume auf das große Binnenwasser ging. Dalia staunte und äußerte das begeistert. Dann kam eine Dame ins Zimmer, die Alexander sogleich als seine Mutter vorstellte und sie liebevoll umarmte.

»Ich bin Verena«, sagte sie dann zu Dalia in amerikanischer Ungezwungenheit. Dabei legte sie ihre Hände zugewandt lächelnd auf Dalias Schultern.

Alexander hatte ihr erzählt, dass seine Eltern häufig und gerne Nordamerika besuchen, jedoch New York stets beiseite gelassen hatten. Er fragte nie, warum. Auch Dalia ließ diese Frage aus, während die vier in einem mit Mahagoni möblierten Esszimmer saßen, aßen und über Amerika und Berlin und Deutschland plauderten.

Dalia erzählte auch von der guten Fürsorge ihres Sohnes und von dem freundschaftlichen Zusammenleben, das nun wohl bald ein Ende finden müsse. Ihre letzte Ultraschalluntersuchung in der Charité sei ohne einen Befund gewesen, und sie müsse sich langsam an ein normales Leben mit Arbeit und Wohnen so wie vor der Afrikareise gewöhnen. Dabei schaute Alexander sie ernst an, so als würde er denken: Sage so etwas bitte nicht.

Einen Espresso nach dem Lunch mochten alle gerne und Alexander ging in die Küche, um diesen zuzubereiten. Währenddessen erzählte Hendrik, dass er als junger Mann vor vielen Jahren einige Monate in New York gelebt hatte und damals an der Columbia-Universität als Gasthörer ein Seminar »American Literature« besucht hatte.

Wo genau sie denn lebe in dieser großen Stadt, fragte er dabei. Sie erklärte es ihm, und als sie gerade sagen wollte, dass sie in der Nähe ihrer Mutter lebe, kam Alexander mit dem Espresso und unterbrach das Gespräch.

Die leichte Konversation berührte Reisen nach Italien mit dem besten Espresso und gutem Wein und köstlichem Essen, Kultur und sonnigem Wetter. Sie sprachen über die endlos erscheinenden Ferientage der Deutschen, die sie nach Thailand oder Afrika oder Spanien oder Amerika reisen ließen. Dann fragte Hendrik noch einmal, wo genau sie und ihre Mutter in Manhattan wohnen.

»Meine Mutter besitzt eines dieser alten ‚Brownstone‘-Häuser in der 82. Straße auf der ‚Upper East Side‘ von Manhattan. Mein Apartment ist wenige Blocks entfernt. Wir sehen uns oft. Wir haben eine sehr enge Beziehung zueinander. Ich hoffe, dass meine Mutter mich bald mal in Berlin besucht. Vielleicht lernen Sie meine Mutter dann kennen.«

»Das Leben überrascht einen immer wieder mit Zufällen«, sagte dann Hendrik. »Wenn ich es richtig erinnere, mietete ich ein Zimmer auf der 82. Straße, als ich Student in New York war. Das war im Sommer 1968. Lange, lange ist das her. Ihr beide wart noch nicht geboren.« Dabei schaute er nachdenklich aus dem Fenster. Ob man ihm ansah, dass er beunruhigt war?

»Aber nahe daran, an diesem Jahr, ist meine Geburt. Ich bin im Frühling 1969 zur Welt gekommen«, erzählte Dalia.

»Und ich im Herbst 1970«, ergänzte Alexander. Dann meinte

er, in der Küche sei einiges aufzuräumen, und das mache er schnell. »Ihr bleibt hier sitzen, ich kann das gut alleine, ich kenne mich hier aus. Okay?«

Nach kurzer Zeit in der Küche kam sein Vater zu ihm. Mit ernstem Blick fragte er seinen Sohn, wie intim die Beziehung der beiden sei.

»Schlaft ihr zusammen«, fragte er.

»Seit wann fragst du so persönlich? Nein, wir mögen uns, sind eng befreundet, aber mehr nicht. Du kennst meine große Wohnung. Sie hat ihr eigenes Zimmer. Vielleicht zieht sie bald um in ihre kleine Bleibe in Kreuzberg.«

»Gut, ich war nur neugierig«, erwiderte der Vater.

# Hamburg – Berlin

## Herbst 2015

Während der Zugreise zurück nach Berlin fragte Alexander verschmitzt lächelnd: »Dalia, wohin fahren wir zwei – nach Hause?«

»Du lachst, aber das ist eine ernste, komplizierte Frage«, meinte Dalia. »Mein Zuhause ist New York City, aber je länger ich in Berlin lebe, in Deutschland lebe, je näher komme ich dieser Stadt, diesem Land. Und ich spüre ganz sentimental meine Herkunft aus Deutschland, meine jüdisch-deutsche Familienvergangenheit.« Und nach einer Pause: »Trotz der deutschen Übeltäter zur Nazizeit, trotz der Schoah!«

»Hamburg ist meine Heimat, und ich bin stolz darauf. Für mich ist Hamburg die schönste Stadt in Deutschland, nicht nur der vornehme Stadtteil, wo meine Eltern wohnen, sondern ebenso die Innenstadt, die Hafenstadt, die Alster mit dem Binnensee und ihrem romantischen Flusslauf durch Wohngebiete und die Elbe mit ihren Vororten und der Hafen und dieses Tor zur weiten Welt. Aber, Dalia, ich dachte mit meiner Frage ein wenig spöttisch an unser Leben in Berlin. Dein Zuhause dort in Kreuzberg oder inzwischen unser Zuhause in Spandau? Aber lassen wir es so, wie es ist. Wir sind ‚Roommates‘ wie in einer Studentenwohnung. Nur ordentlicher als jene, nicht wahr?«

Sie lächelten sich an und schauten hinaus auf norddeutsche Wiesen und Felder, die der ICE-Zug gelassen vorbeihuschen ließ.

Warum nur hat mein Vater gefragt, ob wir miteinander schlafen, fragte sich Alexander erneut, indem er nachdenklich, verträumt aus dem Fenster schaute, bis seine Augen zufielen.

Es war zehn oder vielleicht zwölf Tage später, als Alexanders Vater aus Hamburg anrief. Das tat er selten und Alexander war überrascht.

»Lebst du noch mit Dalia zusammen«, fragte er.

»Ja, so ist es. Ihr Leben in Berlin ist mehr oder weniger das alte wie vor unserer Safari in Afrika. Nur mit dem Unterschied, dass sie weiter bei mir wohnt. Wir haben uns zu sehr aneinander gewöhnt«, fügte er lachend hinzu. »Sie geht gerne zur Arbeit bei diesem medizinischen Start-up-Unternehmen und sie ist frisch und gesund dabei.«

»Ich möchte euch besuchen, um unser Gespräch über New York und die ‚Upper East Side‘ fortzusetzen. Wann passt euch das? Wir könnten doch zusammen in einem Restaurant in eurer Nachbarschaft zu Abend essen. Und frage sie doch bitte, ob sie Fotos von dem Haus ihrer Mutter hat. Und sicherlich hat sie auch ein Foto ihrer Mutter.«

»Das hat sie. Ein Bild von ihrer Mutter steht eingerahmt auf ihrem Nachttisch. Sie ist ja wohl in deinem Alter, obgleich sie sehr jung, jünger als du und Mutter, auf dem Foto wirkt. Nun, ich habe Dalia nie gefragt, aus welchem Jahr das Bild stammt. Vielleicht ist es zehn Jahre alt.«

»Ist es euch recht, wenn ich nächsten Samstag komme? Frage Dalia doch bitte und dann schicke mir eine E-Mail. Okay?«

»Ja, das tue ich. Heute Abend noch. Kommt Mutter mit? Buchst du ein Hotel?«

»Ich werde alleine komme und ja, ich buche ein Hotel in Berlin-Mitte. Das kenne ich. Da bin ich wie zu Hause. Also bis Samstag.«

An diesem Samstag gegen Abend kam Hendrik zu dem verabredeten Besuch nach Spandau. Die drei, Hendrik, Alexander und Dalia, begrüßten sich mit einer gewissen Verlegenheit. Es war ja nicht ausgesprochen worden, welche Ursache, welchen Zweck dieser seltene Besuch aus Hamburg hatte.

Ob die Bahn pünktlich war, fragte Alexander seinen Vater und ob er ein Glas Weißwein mit Aperol oder seinen bevorzugten Scotch mit Wasser trinken möchte. Den habe er extra für seinen Besuch gekauft. Sie entschieden sich alle drei für den Wein mit Aperol. Der Vater lobte wie zuvor die schöne Wohnung und die vernünftige Wahl eines Stadtteils, der nicht so »in« und teuer ist wie Mitte und Prenzlauer Berg oder so vornehm wie Dahlem und Charlottenburg.

»Das bringt mich damit schon zur ‚Upper East Side‘ in New York. Aber bevor wir darüber reden, essen wir vielleicht etwas. Ich habe Hunger nach der langen Fahrt hierhin.«

»Es ist doch netter, hier zu essen, nicht wahr? Wir haben eine italienische Lasagne zubereitet. Du riechst es sicherlich. Und Salat dazu. Und ein sehr gutes Baguette aus einer Bäckerei um die Ecke. Ist das gut so?«

Ja, damit war Hendrik ganz und gar einverstanden und sie setzten sich bald zu Tisch und erzählten über Hamburg, Berlin, ihre Tätigkeit hier und Alexanders Jobsuche, die bisher ohne Erfolg geblieben war.

Danach gab es Espresso und dann fragte Hendrik, ob Dalia Fotos vom Haus ihrer Mutter habe und vielleicht auch ein Foto von ihrer Mutter. Er möchte doch sehr gerne wissen, ob er damals während seines Studienaufenthaltes in New York in so einem »Brownstone«-Haus, ähnlich wie das ihrer Mutter, auf der 82. Straße gewohnt habe. Oder vielleicht sogar im Haus ihrer Mutter. Die Hausnummer erinnere er nicht mehr. Es sei ja fast 50 Jahre her.

Es gebe häufig verrückte Zufälle im Leben, sagte er so vor sich hin, während Dalia in ihrem Zimmer war und Alexander schweigend dasaß und den letzten Schluck seines Espressos nahm.

Dalia brachte dann ein Fotoalbum. Sie setzte sich wieder zu den beiden Männern, legte das kleine Buch auf den Tisch und blätterte. »Dies ist ein Foto des Hauses, von der Straßenseite aufgenommen. Und dies ist der kleine Garten mit Tisch und Stühlen. Dort verbringen wir zu zweit viele Sommerabende. Und hier ist ein Foto des Wohnzimmers. Die Gemälde stammen noch von meinem Großvater. Er kaufte zeitgenössische amerikanische Kunst, bis er verunglückte. Wir ließen sie so hängen, wie er es schön fand. Manche Bilder sind inzwischen sehr wertvoll. Er hatte ein Gespür.« Hendrik schaute ernst und konzentriert auf diese Fotos und sagte nichts.

»Und hier ist meine Mutter im vergangenen Jahr am Meer auf Long Island. Alexander, du kennst diese Fotos auch nicht. Eigenartig, dass ich sie dir nie gezeigt habe. Und hier ist noch ein Bild meiner Mutter als sehr junge Frau. Das muss kurz vor meiner Geburt gewesen sein. Sie sieht hier besonders gut aus, finde ich. Die schwarzen Haare ganz zurückgebunden aus dem Gesicht und dieses feine, tiefsinnige Lächeln um ihren Mund, in ihren Augen.« Dalia schaute so nachdenklich auf das Foto, als sähe sie es zum ersten Mal. Und Hendrik schwieg beim Anschauen der Bilder vom Haus, von ihr.

»Du sagst gar nichts«, wandte sich Alexander an seinen Vater, der die Fotos, eines nach dem anderen aus Dalias Hand nehmend, konzentriert und offensichtlich berührt anschaute. Dann holte er seufzend tief Luft und sagte: »In diesem Haus habe ich gewohnt – damals in New York! Und diese hübsche junge Frau auf diesem Bild ist Sarah. So heißt doch deine Mutter, nicht wahr, Dalia?«

»Wow! Yes«, entfuhr es Dalia.

»Du hast im Haus der Mutter von Dalia gewohnt? Das kann doch nicht wahr sein!«, sagte Alexander, indem er mit großen Augen seinen Vater anschaute. Der schwieg. Dann wandte Hendrik sich zu Dalia: »Ich habe seit unserem Treffen in Hamburg lange Zeit darüber nachgedacht. Du hast Alexander erzählt, dass du deinen Vater nicht kennst, dass er aus dem Leben deiner Mutter verschwand, verschwand nach einem kurzen glücklichen Sommer. Ich erlebte einen kurzen glücklichen Sommer mit Sarah in New York.« Er schwieg eine Weile, die drei schwiegen eine Weile.

»Sarah und ich waren sehr innig zusammen. Neun Monate später war dein Geburtstag.« Er stand auf. »Dalia, lass dich umarmen, lass dich bitte von deinem Vater umarmen.« Sie ließ sich umarmen – nahm das jedoch sperrig hin.

Und Alexander blieb still und schüttelte kaum merklich den Kopf. Das ist erschreckend. Wie fürchterlich, wie gespenstig, wenn wir zusammen geschlafen hätten! Da war ein Schutzengel über unserer Begegnung, über unserem Zusammensein! Dem Himmel sei Dank. So dachte er.

»Und jetzt«, fragte er seinen Vater.

»Wenn Sarah und ich uns wiedersehen, dann wissen wir es ganz gewiss. Ja, wir sind viele Jahre älter, aber wir würden uns sofort erkennen, ohne Zögern. Manche Menschen altern langsam. Das Foto vom letzten Sommer zeigt immer noch die Sarah von damals. Dalia, bitte erzähle du ihr in den nächsten Tagen von diesem Abend. Und dann, wenn es euch recht ist, möchte ich mit dir nach New York fliegen zur 82. Straße.« Und weiter nach tiefem Luftholen: »Wenn dein Arzt das erlaubt. Und wenn deine Mutter das erlaubt. Aber ich bin sicher, sie wird es erlauben, denn dein unglaublicher, abenteuerlicher Weg von New York nach Berlin, nach Afrika, nach Hamburg ist eine so deutliche Fügung des Schicksals! Dem dürfen wir uns nicht widersetzen. Dem dürfen wir nicht ausweichen!«

Alexander stand nun auf, streckte ihr seine Hand entgegen und sagte mit ernster Miene: »Meine Schwester.« Dalia nahm seine Hand und zog ihn nahe an sich heran und umarmte ihn fest und liebevoll.

Jeder auf seine Art, Dalia und Alexander in Berlin, Hendrik in Hamburg und Sarah in New York, benötigte Zeit, um das Erlebte damals im Sommer in New York und jetzt in Berlin, diese kaum glaubhafte Entdeckung anzunehmen.

Dalia telefonierte in den folgenden Tagen noch ausführlicher, noch liebevoller als zuvor mit ihrer Mutter. Alexander ließ seinen Vater in Ruhe bis zu einem Anruf, mit dem er, der Vater, in sachlich-nüchterner Art eines Ingenieurs und erfolgreichen Geschäftsmannes meinte, dass ein DNA-Test nicht notwendig sei und dass er sobald wie möglich mit Dalia nach New York reisen möchte. Sie mögen doch bitte passende Daten nennen. Ihm sei alles recht. Er schlug Air Berlin vor – vorne im Flieger, wie er bescheiden die komfortable Klasse nannte. Von Tegel nach New York John F. Kennedy.

Und so geschah es dann auch. Die drei trafen sich in der Lounge von Air Berlin im Flughafen Tegel. Hendrik war pünktlich aus Hamburg angekommen und Alexander brachte Dalia, die weiterhin bei ihm wohnte, dorthin. Es war später Morgen. Der Flug nach New York war als »on time« angesagt. Sie tranken einen Kaffee zusammen, und dann verließ Alexander die beiden bald. Er mochte keine Flughafen-Abschiede. Er wünschte Hendrik und Dalia eine gute Reise, wie man das so beiläufig sagt.

Dann nahm er Dalia in die Arme, schaute sie an mit ernstem Gesicht und sagte zu ihr: »Meine Schwester, bitte komme du zurück nach Berlin, bleibe nicht drüben. Du würdest mir hier fehlen. Ich habe dich lieb gewonnen.« Und danach mit einem Blick zur Seite mit dem Versuch zu lächeln: »Du, meine jüdische Schwester! Wir brauchen dich hier in Berlin. Wir Deutschen sind immer noch bemüht um ein unbeschwertes Zusammenleben von Juden und uns. Und wenn wir beide dann in Neukölln oder Kreuzberg in ein Restaurant zum Essen gehen, dann trage ich eine Kippa so wie beim Besuch des jüdischen Friedhofs!«

»So machen wir das«, erwiderte Dalia herzlich zustimmend.

Er ging entschlossen davon und winkte nochmals von der Türe aus.

# Berlin-Spandau

## Herbst 2015

Alexander meinte trotzig, er könne gut und gerne alleine leben. Ein Treffen mit Freunden dann und wann in einer Kneipe mit Bier und Fußballschauen im Fernsehen oder ein hartes, forderndes Tennisspiel mit einem Trainer oder einem Partner zweimal oder dreimal die Woche! Das zusammen genügte seinem Bedürfnis nach Kontakten und sportlichem Work-out. Ja, und ein Flirt hier und dort. Jedoch nicht zu eng und nicht bindend!

Die wenigen Jahre mit Saskia waren turbulent gewesen und in seinem Rückblick ein Versehen. Keinesfalls wollte er noch mal in eine solche Frauenbeziehung geraten!

Dann kam Dalia in sein Leben und er entdeckte mit Überraschung einen neuen Alexander, ein neues Ich. Er empfand Zuneigung ohne Erotik, er empfand Fürsorge und Nettsein und Hilfsbereitschaft ohne Anspruch auf Gegenleistung. Oder – so fragte er immer wieder – ob sich sein Gutsein nur daraus erklärte, dass sie Jüdin ist und er ein Deutscher mit der Bürde der Geschichte? Nein, mehr als das!

Diese Amerikanerin, die er krank und hilfsbedürftig in Kenia erlebte, wurde mit seiner Begleitung wieder die stabile, selbstbewusste hübsche Frau in Berlin, in seinem Berlin. Und er wusste, dass er dazu beigetragen hatte.

Und sie wurde seine deutsch-amerikanische Schwester jüdischer Abstammung! So geht das Schicksal manches Mal auf ungeahnten Wegen.

Und dieses Schicksal, sein Schicksal, stolperte nun erneut über seinen Weg.

Er war soeben vom Flughafen zurück und ging in sich mit einem Becher schwarzem Tee in der Hand, mit Blick durch das Fenster auf die herbstlichen Bäume, als sein Telefon klingelte.

»Dies ist Alexander«, so meldete er sich. Er hatte das von Dalia übernommen. Diese ansprechende amerikanische Art, den Vornamen zu nennen!

»Und dies ist Saskia«, war die Antwort.

»Saskia, du, was ist los? Wie hast du mich gefunden?«

»Deine Telefonnummer ist doch die gleiche. Wo lebst du denn jetzt?« Und nach einer kurzen Pause am Telefon: »Du musst mir helfen, ich habe doch keine Freunde in Berlin und meine Mutter ist so weit weg.«

»Du klingst verstört. Wo bist du jetzt?«

»Im Hauptbahnhof, bei Hans im Glück mit einem vegetarischen Burger.«

»Ich glaube nicht, dass ich dir helfen kann, aber wir können miteinander reden. Ich werde dir zuhören. Wenn du magst, nehme die S-Bahn nach Spandau und wenn du dort oben an der Straße bist, rufe mich an und ich hole dich ab. Ich wohne jetzt ganz nahe an der Station. Und wir gehen in meine Wohnung und reden miteinander. Okay?«

»Ja, gerne. In einer knappen Stunde müsste ich dort sein. Danke dir.«

Nach Ablauf dieser knappen Stunde klingelte erneut sein Telefon und es war Saskia, um ihm zu sagen, dass sie an der S-Bahn-Station in Spandau sei.

»Ich bin dort in ein paar Minuten, oben an der Treppe finden wir uns leicht, okay?«

Er sprang die Treppe hinunter, nahm nicht den Aufzug. Er wollte fit bleiben.

Er sah sie von Weitem, als er aus seiner Haustüre auf den Gehweg trat. Da stand sie dann. Ihre dunklen langen Haare waren streng zurückgebunden. Sie trug blaue Jeans, eine weiße Bluse und eine hellblaue Strickjacke lose über ihren Schultern. Am Boden neben ihr eine große, exklusiv wirkende Reisetasche – aus feinem Leder, oder was war es? Was wollte sie wohl mit diesem Gepäck? Das fand er sonderbar.

Er ging langsam. Sie schaute vor sich, auf die Straße, nicht in seine Richtung. Er sah sie im Profil. Hübsch ist sie – immer noch! Die enge Hose zeigt ihre gute Figur, die weite Bluse lässt den Körper nur ahnen – ganz unaufdringlich. Er kennt diesen Körper. Er hatte ihn berührt, gefühlt, umarmt. Vor langer Zeit! So seine Erinnerung heute! Doch es war nur ein Jahr, ein wenig mehr! Und was passierte mit ihm in dieser Zeit? Unglaublich! Er wollte umkehren, sich verstecken. Noch hatte Saskia ihn nicht gesehen. Aber nein. Sie stand dort alleine und wirkte hilflos. Er ging nun mit festen Schritten auf sie zu.

Nun sah auch sie ihn, ging ihm jedoch nicht entgegen, blieb wie angewurzelt stehen.

»Hallo«, sagte Alexander.

»Hallo«, entgegnete Saskia.

»Wir haben den Kontakt verloren«, sagte er dann.

»Ich versuchte, dich am Telefon zu erreichen, aber du warst wohl unterwegs, und du hast ja keinen Anrufbeantworter.«

»Ja, ganz bewusst. Darauf ist so viel unerwünschtes Gequatsche, wenn man heimkommt. Das mag ich nicht.«

Sie standen sich mit verlegenem Abstand gegenüber. Dann plötzlich machte sie diesen kleinen notwendigen Schritt auf ihn zu, umarmte ihn und legte ihren Kopf auf seine Schulter. Dabei holte sie tief Luft, spürbar und hörbar für ihn: ein tiefer Seufzer! Dann ließ sie ihn los.

»Dort in dem Haus wohne ich oben. Gib mir deine Tasche.

Schick und schwer ist sie.« Einige wenige Schritte gingen sie nebeneinander her.

Er öffnete die Haustüre. Im Flur war der Aufzug bereit, als wartete er auf sie. Im Aufzug, der sich langsam und geräuschlos nach oben bewegte, schaute er sie an. »Man soll so etwas Frauen nie sagen, aber ich sage es dennoch: Du siehst sehr müde und angespannt aus. Du warst wohl viel unterwegs mit Aufnahmen. Gott weiß wo?« Sie antwortete nicht.

Vom Aufzug aus ließ er sie vor in seine einladende Wohnung mit offenen Türen und Licht und Wärme.

»Und deine Reisetasche hier auf dem Boden? Was hast du damit vor?« Er ahnte etwas. Sie antwortete nicht, und das war ihm recht.

Sie trat ins Wohnzimmer. »Schön ist es hier! Der Blick auf die Bäume! Ähnlich wie in Prenzlauer Berg.« Sie ging zum Fenster, schaute eine Weile, ohne ein Wort zu sagen, hinaus und fragte dann, ob sie sich hinsetzen dürfe.

»Gewiss«, meinte Alexander kopfschüttelnd, »was für eine Frage.« Und dann fügte er hinzu: »Möchtest du einen Tee, schwarz oder fruchtig, einen Espresso, einen weißen oder roten Wein trinken?«

»Einen Weißwein bitte.«

Die Räume gingen offen ineinander über, und Saskia schaute zu, wie er in der Küche eine Flasche aus dem Kühlschrank nahm und den Wein in zwei schlichte handfeste Gläser goss.

»Cheers! Ich weiß nicht, was ich sonst sagen soll. Dein Besuch ist sehr überraschend!« Er wusste auch nicht, was er fühlen sollte. Er war verstört. Saskia war weit weg aus seinem Leben, glaubte er.

»Lebst du hier alleine?«, fragte sie dann, nachdem sie einen großen Schluck vom Wein getrunken hatte.

»Im Moment ja.« Er ahnte, was auf ihn zukam. Nein, das bitte nicht, dachte er.

»Im Moment ja. Was bedeutet das?«, fragte Saskia weiter.

»Meine Schwester aus New York teilt sich zurzeit diese Wohnung mit mir. Ist groß genug für uns mit zwei Schlafräumen und zwei Badezimmern.«

»Was sagst du, Schwester aus New York? Die hast du nie erwähnt«, und ihr müdes Gesicht wurde plötzlich recht lebendig und zugewandt.

»Sie ist eine Halbschwester, lebt in New York City und arbeitet für ein Jahr oder so an medizinischer Software für eine dieser neuen IT-Firmen in Berlin. Sie besucht gerade jetzt ihre Mutter in New York für einige Tage.« Er hatte gewiss kein Bedürfnis, Saskia jetzt mehr zu erzählen. Er spürte ein unerklärliches Unbehagen mit ihr in diesem Raum. Zugleich wollte er freundlich und hilfsbereit zu dieser blassen, traurig erscheinenden Saskia sein.

»Sie ist also klug und akademisch, nicht so ungebildet wie ich? Ist sie hübsch? Gut aussehend wie du?«

»Ja, sie ist hübsch. Aber erzähle doch jetzt bitte, was dich heute zu mir bringt. Das ist doch wichtiger als meine Schwester in New York.«

Saskia atmete noch mal tief, nahm einen letzten Schluck aus dem Glas und sagte: »Mir geht es schlecht. Ich habe schlimme Wochen hinter mir.« Sie sprach stockend, langsam. »Das Zusammensein mit Oliver …«

»Stopp. Wer ist Oliver?«, unterbrach er sie.

»Oliver ist der Techniker im Fototeam. Den ich so wunderbar fand. Hatte ich den Namen nie genannt? Offensichtlich nicht.« Sie machte erneut eine Pause zwischen den kurzen Sätzen, hielt das leere Weinglas in der Hand und schaute auf den Boden, so als müsse sie konzentriert nach Worten suchen.

»Erzähle weiter«, sagte Alexander erneut, so als ob er ihr einen Schubs geben müsse.

»Das Leben mit ihm war höllisch.«

»War?«, unterbrach Alexander erneut.

»Ich bin weggelaufen«, antwortete Saskia. »Bitte lass mich erzählen und unterbreche nicht dauernd.«

»Okay, entschuldige bitte. Ich bin jetzt still.«

»Zu Beginn nahm ich nur seinen Charme, sein Lachen, seine Tüchtigkeit bei der Arbeit wahr, spürte ich seine Zärtlichkeit, seine Leidenschaft im Bett. Dass er beim Essen in der Wohnung oder unterwegs sehr viel Wein trank, gab mir zu denken, aber beschäftigte mich nicht weiter. Bis ich bald entdeckte, dass er immer eine flache, kleine Flasche mit Wodka in der Hosentasche trug. Wann trank er davon? Morgens, mittags, abends, bei Arbeitspausen auf dem Klo, morgens früh beim Rasieren. Wodka, anders als Whisky, riecht nicht, ist kaum zu entdecken. Ich sprach nicht darüber, niemand sprach darüber.«

Saskia blieb erneut schweigsam für eine Weile. Ebenso Alexander. Beide schauten aus dem Fenster, beide mit ihren eigenen Gedanken.

»Oliver wurde mehr und mehr launisch, niedergeschlagen. ‚Schlechtes Gewissen über die unkontrollierbare Abhängigkeit vom Alkohol‘, so erklären Ärzte oder Psychologen das. Seine Stimmungen wechselten von Euphorie zu Aggression, von hoch zu tief. Und dann gab es Übelkeit und heimliches Erbrechen. Heimlich? Ich hörte es.«

Noch mal atmete sie tief. So als gäbe ihr das den Elan, zügig weiterzureden.

»Gibst du mir noch etwas Wein?«, bat sie ihn.

»Ja, gerne. Der Riesling von der Mosel wird immer besser, trocken und dennoch einen Hauch von Frucht ohne falsche Süße. Vielleicht hilft den Weinreben das dauernd diskutierte ‚Global Warming‘.« Auch sein Glas füllte er nach und er setzte sich damit wieder zu ihr. Und dann redete Saskia weiter.

Es sei ihr dann sehr bald klar geworden, dass sie in eine Beziehung mit einem Alkoholiker geraten war. Wie konnte das passieren? Wie naiv sei sie gewesen. Gefangen worden von seinem Charme und den guten Tagen, den guten Stunden. Ärger und Aggression in schlechten Tagen, in schlechten Stunden. Musste sie sich um Hilfe für ihn bemühen? Durfte sie mit jemand reden, mit wem? Bei der Arbeit war niemand, dem sie sich anvertrauen mochte. In Prenzlauer Berg hatte sie ihre Kontakte verloren, seitdem sie zu Oliver gegangen war. Und er war ja auch ganz anders, sein Lebensstil, seine Wohnung. Er ist ein Bohemien. Alexander hätte ihn bestenfalls belächelt, meinte sie.

Dann passierte es bei einem Fotoshooting, ausgerechnet im schönen Venedig. Das Team arbeitete auf einer dieser malerischen Piazze, weit weg von all den Touristen, ein wunderschöner, milder Tag mit bewölktem Himmel, so wie sie es meist bei der Arbeit benötigen. Er fiel bei der Einstellung eines Scheinwerfers von der Leiter. Er kam nicht wieder hoch. Er hatte mal wieder getrunken. Er musste in ein Krankenhaus mit seinen Verletzungen. Die Schulter war gebrochen und Wirbel im Rücken waren verletzt. Ohne den Alkohol wäre er nicht so unglücklich gefallen, hätte sich gefangen. Er wurde mit einem Krankenwagen nach Berlin gebracht. Die Agentur bezahlte das. Aber nun war er in seiner Wohnung, arbeitslos, verletzt, nutzlos, wie er sich fühlte, und meist betrunken. Und sie? Machte weiter mit der Arbeit. So viele Jobs, wie sie bekommen konnte. Nur weg!

Über Schmerzen jammerte er. Sein Arzt in Berlin verschrieb ihm Valoron-Tropfen. Das tat ihm gut, aber machte sehr bald süchtig nach diesem Wohlgefühl, das solche Medikamente bringen.

»Du weißt von der Gefahr der Opioide. Wenn sie nicht verschrieben werden, dann gibt es einen schwarzen Markt. Hier in Berlin kennt jeder die verrufene Gegend um das Kottbusser Tor. Als ich an einem Abend müde von einer Show, von Stunden Lächeln und Schönsein hier in der Stadt, zurück in die Wohnung kam, saß Oliver mit einer Spritze in der Hand auf dem Boden, zurückgelehnt gegen das Sofabett. Es war Heroin. Er sagte es mir.«

Alexander beugte sich zu ihr hinüber und streichelte ihre Stirn. Er hatte sie angeschaut, als sie so redete. Was war aus Saskia, der jungen lebendigen Schönheit, nur geworden! Blass, verspannt. Bitter? Nein, das nicht! Immer noch hübsch oder vielleicht sogar schön sieht sie aus. Schweres Erleben formt nicht nur den Charakter, sondern auch das Äußere, meinte er zu sich selbst.

»Opioide, wie Heroin, verursachen zunächst Übelkeit und Erbrechen. Ja, Erbrechen, das kenne ich von Olivers Alkoholmissbrauch. Dann kommt auch das Hochgefühl beim Heroin, schöner als beim besten Sex, sagt Oliver. Und bald danach kann es zu einem Kreislaufkollaps kommen, weil das Atmen eingeschränkt oder sogar gestoppt wird. Dann ist es höchste Zeit für den Notarzt. So war es dann auch bei Oliver. Der Notarzt gibt eine Injektion, die wiederbelebt. Bis zum nächsten Drama.«

»Du tust mir leid. Er tut mir leid, obgleich ich ihm nie begegnete.«

»Und dann das Geld! Sein Hartz IV reicht natürlich nicht für Rauschgift. Er verkaufte alles, was er entbehren konnte. Seine Rolex-Uhr, seine interessanten Drucke an der Wand, meine Gucci-Handtasche. Und dann habe ich gepackt und bin davon. Und jetzt weißt du, warum ich diese große Reisetasche bei mir habe.«

Erneut Stille im Raum. Beide wussten nicht, was nun das Richtige zu sagen sei. Beide schauten aus dem Fenster.

»Darf ich bei dir übernachten?«, fragte Saskia dann, ohne ihn anzuschauen.

Diese Frage hatte er befürchtet, als er sie mit der Reisetasche an der Treppe zur U-Bahn-Station sah. Dort fragte er nicht und er wollte es nicht wissen. Nun empfand er Mitleid und spürte sogar eine Hilfsbereitschaft.

»Wenn du auf diesem Sofa, das wir ruckzuck zu einem Bett verwandelt haben, schlafen kannst, dann ist das okay. Das Zimmer meiner amerikanischen Schwester – Dalia ist übrigens ihr Name – möchte ich dir nicht anbieten. Das ist ihr sehr persönlicher Raum und ebenso das Badezimmer dazu. Du darfst natürlich mein Bad benutzen. Wir sind ja nicht scheu miteinander. Wir kennen uns doch seit Jahren.«

Sie lächelten sich an. Saskia schien erleichtert, so als habe sie einen alten Freund wiedergefunden.

»Im Hauptbahnhof habe ich einen großen Koffer mit Klamotten zur Aufbewahrung. Der darf dort wohl einige Tage bleiben.«

»Wir sollten etwas essen. Unten um die Ecke gibt es ein türkisches kleines Restaurant. Nicht teuer und gut. Gehen wir jetzt dahin?«

»Gerne.« Und sie gingen los.

Es gefiel Saskia dort. Sie aßen gemeinsam eine große Portion Moussaka und dazu Gurken, Joghurt, Tomaten und Oliven und zum Trinken Raki und viel gesundes Wasser. Der türkische Anisschnaps Raki entspannte beide genug, um offen über die vergangenen zwei Jahre und ihre Trennung zu reden – dabei jedoch weniger über Oliver und über Dalia, sondern mehr über ihre Arbeit, ihre Reisen, seine Auszeit, sein Nachdenken über seine Zukunft. Sie wollte mehr wissen über seine Schwester aus Amerika und ihr Leben in Berlin, aber er mochte dazu wenig sagen und antwortete knapp. Sie schauten sich an ohne Verlegenheit. Sie schauten sich in die Augen wie damals bei ihren glücklichen Wanderwochenenden in der Schwäbischen Alb. Auf dem kurzen Weg zurück ins Apartment sagte sie: »Warum bin ich davongelaufen? Es war nicht nur Oliver, oder?« Er antwortete nicht.

Sie verwandelten dann gemeinsam das Sofa in ein Bett für die Nacht. Er schaffte Platz in seinem Badezimmer und legte Handtücher zurecht.

»Geh du zuerst, nimm dir Zeit. Ich lese immer abends. In diesen Tagen ,God help the child', geschrieben von der Amerikanerin Toni Morrison. Die Erzählung müsste dich auch beeindrucken, gibt es auf Deutsch in Paperback und ist ideal fürs Flugzeug, klein und leicht.«

Er hörte die Dusche. Sie nahm sich Zeit. Sie kam dann zurück in Shorts und T-Shirt, locker und verlockend an ihrem Körper, ihre Haare nass und unfrisiert, zum Trocknen an der Luft. So setzte sie sich im Schneidersitz auf das Bett und schaute zu ihm herüber, als sein Telefon klingelte.

»Schön, dass du anrufst! Ich hatte es erhofft. Ich denke immerzu an euch.«

Es war Dalia aus New York.

»Wir drei sitzen mit Wein im Garten bei Mommy. Das Wiedersehen war ,touching', war rührend. Wir mussten zuerst alle tief atmen und uns still ansehen. Aber ich glaube, es ist ein ,happy event', nicht ein ,happy end'. Ich erzähle dann alles, wenn ich in zwei Tagen zurück in Berlin bin. Du holst mich ja ab in Tegel.« Nach einer Pause mit Stimmen im Hintergrund: »Ich gebe dir deinen Vater, nein, den Vater. Er möchte dich auch begrüßen.« Und dann Dalia noch kurz und amerikanisch: »I love you«, als sie das Telefon übergab.

»Alexander, wie ein Märchen, unsere Geschichte, ein gutes Märchen, so glaube ich. Und es begann in Afrika! Bis bald!« Und er hängte ein.

Am nächsten Morgen, nicht zu früh und nicht zu spät, ging er als Erster ins Badezimmer, rasierte sich, duschte und war bereit für den Tag mit Saskia. Die Herbstsonne schien in die Wohnung. So war es leicht zu beginnen. Er bewegte sich leise, um nicht zu stören. Saskia schlief noch, oder tat sie nur so? Ja, verlockend sah sie aus. Er dachte an die vielen guten Morgen, Tage und Nächte miteinander. In den soeben vergangenen wachen Stunden der Nacht wurde ihm mit Beunruhigung bewusst, dass er seit vielen Monaten nicht mit einer Frau geschlafen hatte und wie sehr ihm das fehlte. Aber mit Saskia und diesen Gegebenheiten? Nein! Ob sie es getan hätte? Sex hatte sie sicherlich genug gehabt mit ihrem wilden Freund. Nein, sie braucht Hilfe, sie braucht Liebe und keine Leidenschaft!

Er schlich in den Aufzug, um die Tageszeitung unten am Eingang zu holen. Das war die morgendliche Routine. Saskia war inzwischen aufgestanden und im Bad. Er hörte das Rauschen der Dusche. Er bereitete Kaffee. Dass sie ihn trinkt, erinnerte er von gemeinsamen Morgen, die wenigen gemeinsamen damals. Er hatte Toastbrot, Müsli und Orangensaft – der von Dalia im Kühlschrank – auf den Küchentisch gestellt.

»Guten Morgen«, sagte sie mit einem Lächeln, und sie berührte seine Wange. »Ich habe gut geschlafen, besser als viele Nächte zuvor. Ich danke dir für dein Sofa, deine Wohnung!«

»Ich freue mich, wenn ich dir helfen kann. Hier ist Kaffee und etwas zum Essen. Ich erinnere, dass du keine Frühstückerin bist.«

»Stimmt«, erwiderte sie lachend und nahm Kaffee, Orangensaft und Müsli und setzte sich zu ihm auf einen Küchenstuhl.

»Wie geht es nun weiter mit dir?« Eine Pause. »Weiß dein Oliver, wo du bist?«

»Er ist nicht mein Oliver. Er war nie mein Oliver. Ja, er weiß, dass ich dich anrufen wollte. Er sah, wie ich packte, hatte mal wieder seine tiefe Phase, war unnahbar, starrte vor sich hin, brauchte wohl wieder dringend ein Aufputschmittel, irgendein Opioid.«

»Du hast nach wie vor kein Auto? Ist das so?«

»Ja.«

»Gut so! Wofür ein Auto in dieser Stadt mit S-Bahn, U-Bahn, Tram und Bus. Manchmal bin ich auch nahe daran, meinen großen, teuren BMW wegzugeben. Nun habe ich ihn noch und ich schlage vor, dass wir zum Hauptbahnhof fahren und deinen Koffer abholen. Du darfst ihn erst mal in mein Zimmer stellen, du darfst ihn auch öffnen. In meinem Schrank ist noch Platz.«

»Ganz toll. Dankeschön! Was würde ich ohne dich machen?«

Am Bahnhof hielt er recht unvorschriftsmäßig am Haupteingang. Sie meinte, sie könne ihren Rollkoffer in kurzer Zeit holen. Das war ihm recht. Er fuhr nicht gerne in ein Parkhaus und zahlte ungern die Gebühren dort. Sie erschien tatsächlich in kurzer Zeit mit ihrem großen Koffer, den er mit Anstrengung in seinen SUV hob.

»Also ist es doch gut, ein großes Auto zu haben«, meinte er lachend.

Im Apartment klappte sie den Koffer auf dem Boden seines Schlafraumes in einer Ecke auf und nahm sein Angebot an. Sie hängte einige Kleider und Jacken in seinen geräumigen Schrank. Dann setzten sie sich nebeneinander und Saskia fragte, wann seine Schwester aus New York zurückkomme.

»Übermorgen«, war seine Antwort.

»Sei unbesorgt, Alexander, ich werde mich hier nicht noch mehr ausbreiten und auf ewig niederlassen. Aber zum Luftholen, zum Ausschlafen ohne Angst ist es hier wunderbar. Du bist so gut zu mir!«

»Und Oliver?«, fragte er. »Du darfst ihn nicht ganz alleine lassen. Hat er sonst jemand in Berlin? Er hat dich mit seinem Alkoholismus und seiner Drogensucht tyrannisiert, gequält, aber du weißt, dass diese Abhängigkeiten wie eine Krankheit zu beurteilen sind. Er braucht Hilfe.«

»Gib mir ein wenig Zeit und Abstand. Er wird schon überleben. Morgen fliege ich für einige Tage mit unserem Team zum Shooting nach Italien, nach Neapel, und von dort nach Paestum. Vor den antiken Säulen wird jedes Foto interessant. Und mit viel Schminke und guter Beleuchtung machen sie aus mir eine entspannte schöne junge Frau.« Sie schaute ihn jetzt mit einem schelmischen Lächeln an, so als warte sie auf eine wohlmeinende Erwiderung. Die kam dann auch.

»Du bist auch ohne Schminke, nein, besonders ohne Schminke eine schöne junge Frau.«

Er dachte nach. Morgen reist Saskia nach Italien. Übermorgen kommt Dalia zurück aus New York. Dann möchte er sich ganz auf sie konzentrieren und zuhören. Dass der Vater sogleich weiter nach Hamburg fährt, nahm er an. Wenn Saskia ein oder zwei Tage später zu ihnen kommt, würde das gut sein. Das sagte er ihr auch so.

Das Abendessen kochten sie zusammen – so wie an ihren gemeinsamen leichten Tagen wenige Jahre zuvor. Die Stille am Tisch, die belanglosen Worte, die hin- und hergingen, irritierten ihn. Sie hatte gesagt, was seit der Trennung in ihrem Leben vorgefallen war. Nun war er an der Reihe. So sagte er es ihr auch.

Er erzählte von der missglückten Safari in Kenia, von der Nacht unter dem weiten afrikanischen Himmel, von der Rettung am nächsten Tag, von dem Abend mit dieser attraktiven Frau, von dem Funken, der übersprang, und dann von dem Schreck! Die Sorge um eine junge, lebensbejahende Frau, die innerhalb kurzer Zeit schwach wurde und gequält erschien. Er sprach von der Nacht im Hotel, von ihm, Alexander, dem Arzt, von dem Flug nach Berlin, der Behandlung in der Charité, der Aufnahme in seinem Apartment und schließlich der bizarren, wunderlichen Begegnung mit dem Vater in Hamburg!

»Das kann nicht sein! Hast du zu viel Wein getrunken?«, sagte Saskia mit großen fragenden Augen.

»Doch, so ist es! Das Schicksal oder die Engel – sage nicht der liebe Gott – führen uns Menschen manchmal auf unberechenbare Wege.«

»Der gute Alexander!« Und als sie das sagte, legte sie ihre Hand auf seine Schulter. »Gut zu ihr, gut zu mir. So habe ich dich nicht erlebt, aber es gab wohl auch keinen Anlass, keine Notwendigkeit zu solchem Gutsein.«

»Und da ist noch etwas, Saskia. Bedeutsam für mich.« Ein Augenblick der Stille. »Dalia ist Jüdin.«

»Dein Vater ist Jude?«, fragte Saskia mit Überraschung.

»Nein, aber ihre Mutter. Und du weißt wohl, dass im Judentum die kulturelle Abstammung der Mutter, die jüdische Religion der Mutter auf das Kind übertragen werden. Der Vater ist nicht bestimmend. Dalias Mutter ist Jüdin, Dalias Großeltern sind Juden, Juden emigriert aus Deutschland oder geflohen aus Deutschland. Wie auch immer man das nennt.«

»Und warum ist es für dich bedeutsam, dass deine Schwester«, sie schüttelte lächelnd den Kopf, »so überraschend, das Wort Schwester, ich kann es kaum aussprechen, also dass deine Schwester Jüdin ist? Was ist der Unterschied? Ob Christ oder Jude oder Muslim, ist doch nicht wesentlich, solange wir uns respektieren. In unserem Team arbeiten ein israelischer Jude und eine Berliner Muslimin mit Kopftuch. Das darf doch so sein. Oder? Solange sie sich nicht in einer Burka versteckt. Sie sieht übrigens sehr gut aus mit dem dekorativen Tuch. Sie muss nicht täglich ihre Haare waschen. Pardon, vergesse das! Ich sehe immer nur den Menschen, den ich mag oder den ich nicht mag. Und davon gibt es leider viele bei meiner Arbeit, von denen, die ich nicht mag. Ich sehe nie die Religion im Gesicht.«

»Das hast du gut und richtig gesagt, Saskia! Was soll ich erwidern? Lass es mich versuchen. In unserer deutschen Geschichte des vergangenen Jahrhunderts gibt es diese böse, sündhafte, schauerliche Epoche, als Menschen wie Roma, Slawen und

Juden umgebracht wurden, weil sie nicht dem germanischen Idealbild entsprachen. Wir alle kennen die Zahlen der Ermordeten. Und diese Zahlen und das Geschehen verfolgen uns Deutsche noch Jahre später als ,die deutsche Lust an der historischen Last', wie der Historiker H. A. Winkler das beschreibt. Diese Last, allerdings ohne die genannte Lust, trage ich auch mit mir, und das wurde mir bewusst, als ich Dalia kennenlernte. Mein Leben war immer einfach und ohne Hürden. Die Amerikaner würden sagen, ich sei geboren mit einem Silberlöffel im Mund. Ein kultiviertes Zuhause in bester Lage in Hamburg, Schule und Studium ohne große Mühe, schneller Aufstieg im Beruf, eine Menge Geld in wenigen Jahren. Ich schaute kaum nach rechts oder links, gewiss nicht zurück, bis ich plötzlich erlebte, dass es guttut, gebraucht zu werden, dass es guttut, Hilfe zu leisten. Und besonders diese Hilfe für einen Menschen jüdischer Abstammung aus meinem Deutschland. Macht das Sinn?«

Saskia nickte still.

Für die frühe Fahrt nach Tegel am nächsten Morgen bestellte sie ein Taxi. Er gab ihr einen Haustürschlüssel und die Chipkarte für den Aufzug.

»Verliere das nicht. Das wird teuer. Und lasse bitte nie eine zweite Person, die du nicht kennst, mit dir ins Haus. Man weiß nie, wer das sein könnte. Ich fühle mich allerdings ganz sicher hier in Spandau.«

»Wundere dich nicht, wenn ich nur die Reisetasche nehme. Make-up und Kleider für die Fotoarbeit bringt das Team mit. Ich werde in Jeans, T-Shirt und warmer Weste für den Herbst reisen. Den großen Koffer lasse ich hier, das darf ich doch?«

»Na klar. Und wenn du in einigen Tagen zurück nach Berlin und dann zu uns in diese Wohnung kommst, sind wir zu dritt. Hoffentlich! Ich mache mir Sorgen um Dalias Kondition und das lange Fliegen.« Er dachte darüber nach und schaute aus dem Fenster, bis er meinte: »Ihr beide werdet euch mögen. Ihr seid so verschieden. Da gibt es keine Rivalität.« Erneut Stille und seine Blicke wechselten zu ihr.

»Vielleicht finden wir eine passende große Wohnung für uns drei – der Norddeutsche aus Hamburg, die Süddeutsche aus dem Schwabenland und die Amerikanerin aus New York. Das klingt aufregend, oder?« Die beiden gingen spontan und lachend aufeinander zu und umarmten sich wie gute Freunde.

»Ja, das klingt aufregend«, beteuerte Saskia.

»Ob das wohl so sein kann?«, fügte sie scheu fragend nach einer langen, stillen Minute hinzu.

*Mit Dank an meine Lektorin Ruth Rademacher, die mich vor manchen Fehlern bewahrt hat.*

*Mit Dank an meinen Freund Dr. med. Torsten Nahrstedt, der mich bei diesem Text medizinisch beraten hat.*

 Johannes Girmes erlebte als kleines Kind in Deutschland sehr bewusst die Boshaftigkeit des nationalsozialistischen Regimes. Mit dem Erwachsenwerden ging eine zunehmende Kritik an der jüngeren deutschen Geschichte und eine Entfremdung zur deutschen Heimat einher. 1980 wanderte er in die Vereinigten Staaten von Amerika aus. Das wiedervereinigte Deutschland jedoch und seine zahlreichen Besuche holten ihn emotional immer enger zurück in die alte Heimat. Er nennt heute Berlin und Hamburg die interessantesten und schönsten Städte Deutschlands. Johannes Girmes lebt mit seiner Frau in den Südstaaten der USA.

Lightning Source UK Ltd.
Milton Keynes UK
UKHW021458090921
390292UK00014B/1085

9 783828 034976